蒙田随笔
LES ESSAIS

[法]米歇尔·德·蒙田 著
吴筱凡 孙潇潇 译

海南出版社
·海口·

图书在版编目（CIP）数据

蒙田随笔 / （法）米歇尔·德·蒙田著 ；吴筱凡，孙潇潇译. -- 海口 ：海南出版社, 2025. 5. -- （未读经典）. -- ISBN 978-7-5730-2401-5

Ⅰ. I565.63

中国国家版本馆CIP数据核字第2025KM0524号

蒙田随笔
MENGTIAN SUIBI

[法] 米歇尔·德·蒙田　著　吴筱凡　孙潇潇　译

责任编辑：	宋佳明
执行编辑：	戴慧汝
封面设计：	typo_d
出版发行：	海南出版社
地　　址：	海南省海口市金盘开发区建设三横路2号
邮　　编：	570216
电　　话：	（0898）66822026
印　　刷：	北京雅图新世纪印刷科技有限公司
版　　次：	2025年5月第1版
印　　次：	2025年5月第1次印刷
开　　本：	880 mm × 1230 mm　　1/64
印　　张：	3.125
字　　数：	92千字
书　　号：	ISBN 978-7-5730-2401-5
定　　价：	25.00元

本书若有质量问题，请致电（010）52435752

未经许可，不得以任何方式
复制或抄袭本书部分或全部内容
版权所有，侵权必究

目录

第一部　关于人生

01　人生荒谬又滑稽　3

02　探讨哲学就是探讨死亡　11

03　论占卜　49

第二部　关于自我

04　论悲伤　61

05　论无所事事　68

06　论恐惧　71

第三部　关于社会

07　论遁世隐居　79

08　论谎言　103

09　殊途同归　112

第四部 **关于态度**

    10   好坏取决于我们的看法   121

    11   我们为何为同一件事哭泣和欢笑   158

    12   论书籍   166

第一部

关于人生

01 人生荒谬又滑稽[1]

判断力是解决所有问题都适用的工具,并且无处不在。正因如此,在这些随笔中,一有机会我就会使用它。就算面对我并不熟悉的问题,我也会尝试从远处探一探,如果发现它太深,超出了我的能力范围,我就会停留在岸边;而这种判断力——人不能再进一步试探的自知之明——正是一种美德,甚至是它最为自豪的美德之一。然而,对于一个空洞无物的问题,我尝试去寻找能够组成其主体的材料,给予其支撑。有时,我用此方法探讨有争议的重要问题,由于走这条路的人很多,处处都通畅坚实,人们只能踩着前人的脚步,开辟一条新路:在这个例子中,判断要做的就是找出看似最佳的选择,也就是从一千条

---

[1] 原文为第一卷第五十章。

小径中决定一条最佳的道路。我把选择观点看作幸运女神的眷顾。对我而言，它们都很好，但我从未打算将其完全阐释，因为我从未知其全貌，其他声称能向我展示全貌的人也是如此。事物都有方方面面，有时我只抓住一面端详，有时找出一面摸一摸，有时深入骨髓：我寻一处刺入，不求宽泛了解，但尽可能深入。在大多数情况下，我喜欢探讨未曾被讨论的部分。如果某个方面我还不熟悉，我会大胆冒险，深入探寻。我这里写了一句话，那里落下一个词，从一些作品中截取了片段，并无意间散播了出去。我不打算做什么，也没承诺什么，不一定会一成不变地围绕我的主题，更不需要限制我的自由和愉悦。我心里有点怀疑和不确定，自己仍是老样子——无知。

每一个行动都会显露我们的内心。在法萨卢斯战役集结和指挥过程中，恺撒的内心昭然，这从他安排休闲和艳情活动中也看得出来。判断一匹马是否为良马时，不仅要看马奔跑的速度，还要观察它的每一步，甚至还要观察它在马厩里如何休息。

在人心的功能中,有一些是较为低级且卑微的。如果人们无法通过这些较低的功能一窥人心的全貌,就不算对人心有彻底的认识。当平静如常的时候,人心展露出的反而是最为真实的一面,而激情之时,人心则最容易被情感风暴所裹挟。另外,每遇到一个问题,它就会全力以赴,绝不一心二用。人心处理问题不会考虑问题本身,而是按照自己的意愿行事。如果就事论事,世间之事也许都有各自的价值、标准和形态;但事情落在我们身上,我们的心会按自己的意愿将这些特点任意修凿。面对死亡,西塞罗感到害怕,加图十分期待,苏格拉底则漠不关心。健康、良知、威望、知识、财富、美丽,还有与之相反的东西,在踏入心灵的瞬间都要剥去外衣,换上心灵赐予的新衣,染上心灵喜欢的色彩:褐的、浅的、绿的、深的、刺眼的、顺眼的、深刻的、肤浅的,以及它们各自喜欢的色彩;它们不会向惯常的风格、标准和形态低头——每一个个体的内心都是自己领地的女王。所以,我们不要再把事物的外部品质当借口了,要在自己身上找原因。我们的品质好坏，取决于我们自己。别再祈求命运女神了，祈求自己吧，因为命运女神对我们的品行无能为力。我们的品行反而会影响命运，烙上自己的印记。我为何不能评评那个在宴会上一边聊天、一边胡吃海喝的亚历山大呢？

为何不看看，下棋这项愚蠢幼稚的娱乐活动拨弄的是他的哪根心弦呢？我讨厌下棋，逃避下棋，因为下棋算不上娱乐，玩起来过于严肃，我可以把干正事的精力用到更好的地方。他在组织那场光荣的印度远征时，也没有这么忙过；人的内心将这种可笑的娱乐看得多么重要；每根神经都绷紧了；在这件事上，它是如此慷慨地给了我们直接认识和评价自己的机会！在其他任何情况下，我都无法更加全面地看待和审视自己。在这个游戏上，哪一种感情不折磨人呢？愤怒、怨气、仇恨、急躁，还有在最应该接受失败时流露出的强烈好胜心。君子不应在鸡毛蒜皮上展现他的才能。我在这个事例中说的道理同样适用于所有事情：人的一言一行、一举一动都在昭示自己，表现自己。

德谟克利特和赫拉克利特是两位哲学家。德谟克利特发现人生徒劳而可笑，公开露面时总露出一张揶揄的笑脸；而赫拉克利特和大多数人一样，总是面带忧伤，眼含泪水：

> 抬脚出门时，一位总是充满快乐，
> 另一位则满怀悲伤。
> ——尤维纳利斯（《讽刺诗》，第十首）

或如伏尔泰所言：

> 对于思考的人来说，生活是一出喜剧；
> 对于感受的人来说，生活是一出悲剧。

我显然更倾向于德谟克利特的幽默态度，不是因为欢乐比哭泣更讨人喜欢，而是因为它比后者传达出了更多的蔑视和谴责。我认为，从所有的报应来看，我们受到的蔑视还远远不够。对于悲悼之事，我们的怜悯和悲哀中，却夹杂着几分尊敬；而对于应该嗤之以鼻的事，我们又无比珍视。在我看来，与其说我们不幸，不如说我们徒劳无功；与其说我们狡猾，不如说我们愚蠢；与其说我们道德败坏，不如说我们愚蠢至极；与其说我们卑劣无耻，不如说我们一无是处。因此，在我看来，推着木桶、无视亚历山大大帝，认定我们简直就是苍蝇或臭皮囊的第欧根尼[1]，是比人称"人类憎恶者"的提蒙[2]更为尖酸刻薄，也更为公允的鉴定人。因为我们恨什么，什么就留在心间。他盼望我们灭亡，避免同我们交往，认为那是与恶人为伍，危险而又堕落。第欧根尼则对我们不屑一顾，所以同我们接触既无法扰乱他，也无法误导他。

---

1 古希腊哲学家，犬儒学派的代表人物之一。他以其极简主义的生活方式和对社会规范的嘲讽著称。
2 古希腊哲学史上以"人类憎恶者"著称的人物。他是古希腊的一位隐士，因对人类的极度厌恶和对社会的完全疏离而闻名。提蒙对人性持极端悲观的态度，认为人类本性邪恶、自私且不可救赎，因此选择远离社会，与世隔绝。

他同我们保持距离不是出于害怕,而是不屑于同我们交往;他们清楚地知道,我们既干不成好事,也干不成什么坏事。

布鲁图斯[1]怂恿斯塔蒂里乌斯[2]参与反对恺撒的阴谋时,斯塔蒂里乌斯的回答如出一辙。他觉得做这件事没错,错的是要做的这件事情根本不值得一个智者费力;根据赫格西亚斯[3]的学说,哲人做一切事情都只为了自己,因为只有他自己才值得这份付出;

---

1 罗马政治家,刺杀恺撒的主要策划者之一,因认为恺撒威胁共和制度而参与阴谋,最终在腓立比战役后自杀。
2 布鲁图斯的朋友,拒绝参与刺杀恺撒,认为人类不值得智者为之付出,体现厌世主义思想。
3 古希腊哲学家,昔兰尼学派代表人物之一。他以极端的享乐主义和悲观主义著称,认为人生充满痛苦,追求幸福是徒劳的。他主张智者应专注于自身利益,不为他人或社会付出,因只有自身才值得关注。他的学说被认为过于消极,以至于据说曾导致听众因绝望而自杀,因此被禁止公开讲学。

这与狄奥多罗斯[1]的学说不谋而合,他认为让哲人为国家利益去冒险毫无道理,而为了傻瓜牺牲也很不明智。

我们的人生既荒谬又滑稽。

---

[1] 古希腊哲学家,昔兰尼学派成员之一,被称为"无神论者狄奥多罗斯"。他主张极端个人主义,认为智者只应为自身利益行动,不应为国家或愚人冒险。他否认神灵的存在,提倡理性和自我掌控。

02　探讨哲学就是探讨死亡[1]

西塞罗说,哲学无非是为死亡做准备。这是因为学习和沉思在某种程度上将我们的灵魂从肉体中抽离出来,并让它忙于肉体之外的事务,这是一种对死亡的预演和模仿;或者说,世界上的所有智慧和论述归根结底就是要教会我们不要畏惧死亡。实际上,要么是理性在嘲弄我们,要么就如《圣经》所言,其唯一的目标是让我们满足,并过上美好的生活。世界上所有的观点都一致认为——尽管各自采用了不同的表达方式——快乐是我们的终极目标。否则,那些观点一开始就会被人抛弃,毕竟谁会乐意听人说痛苦与不适才是人生的追求呢?各哲学流派在此的分歧只不过是口头上的争论罢了:

---

[1] 原文为第一卷第二十章。

我们不必在这些微不足道的琐事上浪费时间。

——塞涅卡（《道德书简》）

这个问题带来的顽固对立和争吵实在太多了，不符合哲学家这一神圣职业应有的态度。但无论人类扮演什么角色，他总是会在其中表现出自己的本性。让哲学家们随便说去吧，即使是在美德中，我们最终追求的目标也应该是快乐。我喜欢用这个词去刺痛他们的耳朵，因为这个词让他们很是反感。如果说"快乐"一词指的是一种至高无上的愉悦和极度的满足，那它应当归功于美德的辅助，而不是其他别的东西。这种"快乐"，因为更加欢快、更加有力、更坚定不移、更有阳刚之气，反而显得严肃中带了些享乐的意味。我们应该用"快乐"这个词，因为它更温和、更自然，相较于类似"力量"这样的词，反而更合适些。至于那种更低级的感官上的快乐，即使能配得上"快乐"这个美好的名字，也只能与美德并列，而不应享有特权。它没有美德那么纯粹，更容易受到各种阻碍。这种享受更加短暂、易流动和易逝，伴随着熬夜、禁食、劳累、汗水和鲜血，还有种种尖锐的痛苦和沉重的厌倦感，使其几乎等同于一种惩罚。我们错误地以为，这些困难会成为低级愉悦的甜美调味品，就像对立的事物会在自然界中彼此激发那样；而当我们谈到美德时，却会觉得类似的困难使它显得严厉而难以接近。其实，这些困难更能使美德所带来的愉悦变得崇高和深刻，让它更加完美。那些试图把追求美德所付出的代价与成果相提并论的人完全不配享有美德所带来的快乐，他们既不懂得美德的恩惠，也不了解它的价值。某些人教导我们，追求美德艰难且劳累，可其追求后的成果却是令人愉快的，可这不就正印证了追求美德是不快乐的吗？没有人能真正得到对美德的享受，那些最完美的人也只能满足于追求它和接近它，并不能真正拥有它。但是他们错了，因为在我们所有已知的快乐中，追求本身就是令人愉悦的。目标的品质使得追求本身充满了芬芳，它也是结果的一部分，与结果的本质相同。美德所散发的福祉充盈着它的所有附属物,在它的第一道入口和最外处的边界就已经显现。

美德最主要的恩惠之一就是对死亡的蔑视。这种蔑视为我们的生活提供了一种柔和的平静,让我们纯粹而愉快地享受生活。没有它,其他所有的快乐都会被熄灭。因此,所有的哲学规则都在对死亡的这一认知上达成了共识。尽管它们一致引导我们蔑视痛苦、贫穷和人类生活中的其他不幸,但它们对这些问题的关注并不如对死亡那样深刻。毕竟,这些遭遇并非必然发生。大多数人一生都没有经历贫困,有些人甚至从未感受过痛苦和疾病,比如音乐家色诺菲洛斯,他活了一百零六岁,身体一直健康;另外,只要我们愿意,即使在最坏的情况下,也可以让死亡终结一切,阻止所有的不幸。然而,死亡本身是不可避免的:

> 我们都朝着同一个终点前进;
>
> 我们的命运在同一个旋涡中激荡;

02 探讨哲学就是探讨死亡

最终，它会将我们送上卡戎的船只，

驶向永恒的死亡。

——贺拉斯（《颂歌集》，第二卷）

因此，如果死亡让我们感到恐惧，它就会成为一种持续不断的折磨，无法让人得到任何缓解。死亡可能从任何地方降临到我们身上；我们会像在充满危险的土地上一样，不断地东张西望，左顾右盼："死亡总是悬在我们头顶，就像坦塔罗斯头上的石头一样（引自西塞罗）。"我们的法庭经常将罪犯送往案发地点执行死刑。在行刑的路上，即使他们经过美丽的房屋，给他们提供丰盛的款待：

西西里的佳肴

再无甜美的滋味，

鸟儿的歌声与琴瑟之音，

都无法让他再次安然入睡。

——贺拉斯（《颂歌集》，第三卷）

你以为他们会感到愉悦吗？命运的悲惨结局始终浮现在眼前，这必然会摧毁他们对这些享受的兴致：

> 他听到死亡的脚步临近，
> 数着日子，衡量着生命的长度，
> 在即将到来的死亡前受尽折磨。
> ——克劳狄安（《驳鲁菲努斯》，第二卷）

死亡是人生旅程的终点，也是我们必须面对的目标。如果它让我们感到恐惧，我们如何能够不战栗地迈出步子呢？普通人的解决办法就是不去思考它。但这种粗陋的盲目又是源自何等愚昧的迟钝啊，这跟试图往一个驴子的尾巴上套笼头一样荒唐。

> 竟有人想用脑袋倒立行走。
> ——卢克莱修（《物性论》，第四卷）

难怪他们经常陷入困境。这些人仅是提到"死亡"这个词就会感到害怕,许多人听见它时会像听到魔鬼的名字一样画十字。因为遗嘱中提到死亡,所以很多人要等到医生下达最后通牒之后才去写遗嘱。然而,到了那个时候,痛苦与恐惧交织在一起,他们又能做出什么明智的决定呢?

因为"死亡"听起来过于刺耳,罗马人学会了用委婉的表达来弱化它。他们不会说"某人死了"或"某人的生命终结了",而是说"某人曾经活过"。只要和"活"有关,即使只是"活过",他们也会感到安慰。我们也从中借用了类似的表达,如"已故的某某先生"。

或许,正如人们所说的那样,"时间就是金钱"。我出生于一五三三年二月的最后一天,上午十一点到十二点之间。根据我们现在从一月开始计算新年的新历法来算[1],我刚好在十五天前度过了三十九岁

---

[1] 一五六四年,查理九世将一月一日定为新年的开始。

生日；我打算至少还要再活同样多的年数。然而，若要因这件如此遥远的事情而烦恼，那就很愚蠢了。毕竟，无论是年轻人还是老人，面对生命时的处境都是一样的。没有人会以不同的方式离开，这和他刚刚来到人间时的情况是一样的。而且，即使是年老体衰的人，只要想到玛土撒拉[1]的长寿故事，也都会觉得自己还能再活二十年。再说，你这个可怜的傻瓜，谁为你设定了生命的期限？你只是依赖医生的说辞来推测罢了，倒不如看看事实和经验。按照普遍的规律来看，你早已享受了超乎寻常的恩惠，因为你已经活过了常人的寿命极限。你要是不信，就数一数你认识的人中有多少在你这个岁数之前去世，又有几个人能活到你的年纪。我敢打赌，即使是那些声名显赫的人，死于三十五岁之前的一定比活过三十五岁的更多，你大可以列一个清单。从理性和敬虔的角度来说，我们也可以看看耶稣基督的例子：他的人生在

---

1 《圣经》中的人物，据传其寿命长达九百六十九岁。

三十三岁的时候就结束了。而最伟大的凡人亚历山大大帝,也是在这个年龄去世的。

死亡能有多少种方式猝不及防地袭击我们?

> 人类永远无法预见,
>
> 在每一刻,
>
> 需要规避怎样的危险。
>
> ——贺拉斯(《颂歌集》,第二卷)

我暂且不提那些因发烧和胸膜炎而死的人。谁能想到,当教皇克雷芒五世——我的"邻居"[1]——来到里昂时,布列塔尼公爵会在欢迎的人群中被活活挤死?难道你没听说过我们的一位国王[2]在比武中丧

---

[1] 克雷芒五世在成为教皇之前曾担任波尔多大主教,而波尔多正是蒙田家族的家乡所在地。尽管他们相差两个世纪,但蒙田可能出于一种地域上的亲近感,将他戏称为"邻居"。
[2] 此处指的应该是亨利二世。

命吗？而他的某位祖先竟因撞上了一头猪而丧命[1]。埃斯库罗斯[2]因为害怕房屋倒塌而采取了各种预防措施，却徒劳无功，最终被一只从鹰爪上掉下来的乌龟砸死了。还有个人因吞下葡萄核窒息而死；一位皇帝因梳头时被梳子划伤而死；埃米利乌斯·雷必达被自家门槛绊倒摔死；还有奥菲迪乌斯，在进入议事厅时因撞到门框而死。还有些更荒唐的人，死在了女人的双腿之间，比如罗马地方长官科尔内利乌斯·加卢斯、罗马警卫队长蒂吉利努斯、曼图亚的盖·德·贡扎加之子卢多维科；更令人羞愧的是，柏拉图学派哲学家斯培西普斯以及一位教皇也是这种死法。可怜的法官贝比乌斯在一宗案件中裁定延期开庭八天，自己的生命却在此期间走到终点。医生盖尤斯·尤利乌斯在为病人涂抹眼药时，死神却悄然合上了他的双眼。下面说说我自己家族的例子，我的兄弟圣马丁

---

[1] 路易六世之子菲利普在圣安东尼街骑马时因撞猪引发的坠马事故去世。
[2] 古希腊悲剧诗人，代表作《被缚的普罗米修斯》《阿伽门农》等。

上尉年仅二十三岁,已经表现出了非凡的勇气。在一次打球时,他被一颗球击中右耳上方,未留下任何瘀青或伤痕。他没有坐下也没有休息,但五六个小时后,他却因这次撞击导致的中风而去世。如此频繁且普通的例子在我们眼前接连上演,我们怎么可能摆脱对死亡的思考?又怎么摆脱死亡正随时随地扼住我们喉咙的想法?

你可能会说:只要我们不为此烦恼,又有什么关系呢?我同意这个观点,只要能躲避死亡的威胁,即使是让我躲进一块小牛皮里,我也不会羞于尝试。我只想安然度日,找到最舒适的生活方式,即使它不那么荣耀,也没有什么榜样作用。

> *如果我的缺点能欺骗并取悦我的头脑,*
> *我宁愿像个愚人般安逸,*
> *也不愿像智者一样愤怒。*
> ——贺拉斯(《书信集》,第二卷)

但指望用逃避来应对死亡是愚蠢的。他们步履匆匆，欢跳嬉戏，死亡的话题一点也不提。但当死亡真正出其不意地降临到他们身上，或者降临到他们的伴侣、孩子或朋友身上时，他们却毫无准备，这会带来怎样的痛苦、哭喊、愤怒和绝望啊！你可曾见过如此沮丧、如此变化莫测、如此混乱的场景？因此，我们必须更早地为此做好准备；而这种愚钝的疏忽，即使能存活在任何有理智的头脑中（我认为这是完全不可能的），也会让我们付出沉重的代价。如果我们能逃避死亡，我会建议大家借用懦夫的武器；但它无法避免，不论你是像懦夫一样逃跑，还是像个正直的人一样挺身而出。

> 他追赶逃跑的懦夫，
>
> 也不放过那转身逃避的怯懦青年，
>
> 割断他们的脚筋，袭击他们胆怯的后背。
>
> ——贺拉斯（《颂歌集》, 第三卷）

02　探讨哲学就是探讨死亡

既然没有任何盔甲可以保护我们:

无论他如何小心翼翼地用钢铁或铜甲遮掩自己,

死亡最终都会将他的头从藏身之处拽出来。

——普罗佩提乌斯(《哀歌集》,第四卷)

那么,让我们学会坚定地面对它,并与之抗争。为了剥夺它对我们最大的威胁,让我们采取一种与众不同的方式。我们要消除它的陌生感,去了解它、习惯它。我们得经常思考死亡,使它不再令我们感到意外,每时每刻都要在想象中勾勒出它的各种面貌。遇到了马儿绊倒、瓦片掉落,甚至是最轻微的针刺,我们都要立刻思考:"如果这就是死亡呢?"然后,我们要振作起来,努力适应。在欢庆和宴饮之时,我们也要时刻记住自己的处境;永远不要让自己沉迷于欢乐之中,而是要时常思考,我们的幸福可能会通过多少种方式成为死亡的猎物,而死亡又怎样对我们构成威胁。古埃及人就是这样做的,在盛宴的高潮时刻，他们会把一具干瘪的尸骨带进房间，作为对宾客的警示。

> 把每一天都想象成你的最后一天，
> 那么每一个意料之外的明天都会成为一种恩赐。
> ——贺拉斯（《书信集》，第一卷）

我们不知道死亡会在哪里等着我们；我们应当随时随地都等着它。对死亡的预先思考就是对自由的预先思考。学会面对死亡，就等于学会了摆脱奴役，可以将我们从一切的束缚和压迫中解放出来。对于一个彻底明白"生命丧失不是恶"的人来说，生命中没有什么是邪恶的。保卢斯·埃米利乌斯[1]对那个可怜的马其顿国王的使者说的话，就是对这一点的回应。那个国王是他的俘虏，派人请求他不要在凯旋仪式上公开羞辱自己。保卢斯回答说："让他向自己

---

[1] 古罗马共和国时期的著名政治家和军事将领。

提出这个请求吧。"

实际上，除非大自然的力量帮助我们，否则任何事情单靠技巧和努力都很难取得大的进展。我天性并不忧郁，但却热爱沉思。从我很小的时候起，即便是在最放浪形骸的年纪里，我都常常沉浸在对死亡的想象中。

当我的青春之花如同盛开的春天般绽放时。

——卡图卢斯（《歌集》）

在与女士共处或正游戏嬉闹时，有人可能会以为我正妒火中烧，或者被某种不确定的希望所困扰。而实际上，当时的我正沉浸在回忆之中，想起几天前在一场聚会后就死于高烧的某人，当时他和我一样，脑海中充满了爱情和欢乐的空想。而同样的命运也正在等待着我：

很快，这些世间的享乐即将逝去，

> 再也不可召回。
>
> ——卢克莱修（《物性论》，第三卷）

但这个想法并没有让我过分抗拒。最初，我们不免会感到刺痛，但经过不断地思考，我们会渐渐驯服它们。否则，就我而言，我会一直处于持续的恐惧和疯狂之中；因为从没有人像我一样如此不信任自己的生命，也从没有人会如此怀疑自己的寿命。虽然我迄今为止一直健康有活力，很少有病痛，但健康并没有给我带来更多希望；同样，疾病也没有让我缩短任何预期。我每一分每一秒都觉得自己可能会离开这个世界，脑海里一直回荡着相同的念头："凡是可以等到明天去做的事情，今天同样可以完成。"事实上，意外和危险并不会让我们更接近死亡；仔细想来，除了能直接威胁到我们的事故之外，我们头顶上还有成千上万的危险。我们会发现：不论是健康的人还是病人，无论是身处大海还是待在家中，无论是在战场上还是在休憩之地，死亡都与我们同样接近。

02　探讨哲学就是探讨死亡

没有人比另一个人更脆弱,
没有人比另一个人更确定明天会到来。

——塞涅卡(《道德书简》)

为了能完成我死前需要做的事情,任何闲暇对我来说都显得弥足珍贵,哪怕只有一小时。前几天,我的一位朋友翻看我的笔记,发现了一条关于我死后希望别人帮我完成的事项的备忘录。我告诉他,虽然我离家只有一里路,而且身体健康、心情愉快,但当我想到这件事时,我还是急忙写下了它,因为我不能确定自己是否能活到回家的时候。由于我不断地反思自己的想法,将它们归为我的个人事务中,我随时都处于尽可能充分的准备状态。死亡不会带来任何出乎我意料的东西。

我们应当尽可能地随时做好准备,就像穿好靴子、备好马刺,随时准备出发一样,尽我们所能不留下任何与他人相关的未了之事。

> 为什么在如此短暂的人生里，
> 我们要如此执着于追求那么多的事情？
> ——贺拉斯（《颂歌集》，第二卷）

因为到那时，仅是应付死亡就已足够了，不需要再增加额外的负担。有些人抱怨的并不是死亡本身，而是它打断了自己本想赢得的一场伟大的胜利；另一些人抱怨的是自己未能在死前看到孩子成婚，或完成对孩子的教育；有人哀叹失去了伴侣的陪伴，还有人哀叹失去了子女的陪伴，因为这些是他生活的主要慰藉。

而我，感谢上帝，此刻我已经处于这样一种状态：无论死亡打算何时带我走，我都可以毫无遗憾地离去。我完全解脱了与世俗的羁绊；对每个人的告别也都已完成一半，唯独对自己除外。没有人像我一样如此纯粹且毫无保留地告别这个世界，彻底摆脱对这个世界的依赖。最平静、最心如止水的死亡才是最好的死亡。

02 探讨哲学就是探讨死亡

"可怜啊,可怜的人,"他们说,

"只因那命定之日,

夺走了我们生命中所有的奖赏!"

——卢克莱修(《物性论》,第三卷)

建造者说:

我的工事仍未完成,

那些强大的城墙,已露出崩塌的危机。

——维吉尔(《埃涅阿斯纪》,第四卷)

我们不应计划需要太久才能完成的事情,或者至少不要有强烈的执念去见证它们的完成。我们生来是为了行动,而不是为了执着于结果:

当死亡到来时,

我希望自己那时正在忙于工作。

——奥维德(《恋歌集》,第二卷)

我总希望人能够不断地行动，并尽其所能地拓展生命的职责；就让我在种植卷心菜时离开人间吧。我对此毫不在意，更不介意我的花园尚未竣工。我见过一个人，他在临终之际，一直抱怨命运即将中断他正在编写的编年史，他只写到了我们的第十五位或第十六位国王。

他们未曾补充一点：

死后，我们将不再怀有对那些事物的渴望。

——卢克莱修（《物性论》，第三卷）

我们必须摆脱这些庸俗且有害的情绪。正因如此，古人最初将墓地设于教堂旁边，以及城市最繁忙之处。根据来库古[1]所言，这是为了让普通民众、女

---

[1] 古希腊斯巴达的一位传说中的立法者，他被认为是斯巴达社会制度和法律的奠基人。虽然关于他的生平及其存在的真实性存在争议，但他的名字与斯巴达的政治、军事和社会改革密切相关。

性和儿童习惯于尸体的存在，不再对其感到惊恐；也是为了让这些不断出现的骨骼、坟墓和葬礼仪式时刻提醒我们自身的脆弱与短暂：

> 更早以前，人们习惯
> 用死亡的场景来点缀宴席，
> 在盛宴中混合
> 残忍的刀剑搏斗，
> 他们的尸体常常倒在酒杯旁，
> 鲜血浸透了餐桌。
>
> ——西利乌斯·伊塔利库斯
> （《布匿战记》，第十一卷）

正如埃及人在宴会后，会向宾客展示一具象征死亡的巨像，并对他们喊道："饮酒作乐吧，因为死后你也将如同它一般。"同样，我已经养成了习惯，不仅想象死亡，而且也经常把它挂在嘴边。我热衷于研究死亡，对人的死亡方式、临终时的言辞、表现出的神情与举止充满好奇,也对历史中的这类描写尤为关注。

从我频繁引用此类例子来看,这显然是我特别喜爱的一个主题。如果我是一个著书者,我会编纂一本书,记录人类的各种死亡方式,并附上注释,教会人们如何面对死亡,也就是教会他们如何生活。狄凯阿库斯[1]曾写过类似的著作,并以此为题,但其目的却不那么高尚。

也许有人会反驳说,死亡的痛苦远远超出了人们的想象,即使是最优秀的剑客,在死到临头时也会全然失去章法。任他们说吧,预先思考死亡无疑是大有益处的。而且,能在临近死亡的时候不恐慌不焦虑,难道不是一种成就吗?更何况,大自然本身也在帮助我们,为我们提供勇气。如果死亡是迅速且猛烈的,那我们没有时间去害怕它;但我注意到,如果死亡缓慢来临,随着疾病逐渐加重,我自然会对生命

---

[1] 古希腊的一位哲学家、历史学家和地理学家。他是亚里士多德的学生,也是逍遥学派的重要成员之一。

产生某种厌弃和轻视。相比发烧虚弱的时候，健康的我更难消化死亡。随着我逐渐失去对生命的享受，我对生活的依恋也随之减弱，对死亡的恐惧则大大减少。我希望，越是接近生命的终点，我就越容易接受它的到来。正如恺撒所说，有些事情在远处看起来往往比在近处时更可怕。我发现，当我健康时，我对疾病的恐惧比实际患病时的恐惧更为强烈。我所感受到的健康状态和愉悦心境让我对相反的境况产生了巨大的心理落差，从而在想象中将那些不适夸大了一倍，认为它们比实际遭遇时更加难以忍受。但当它们真正压在我身上的时候，却并没有想象中那么可怕。我希望死亡也是如此。

我们只需观察一下日常生活中的种种变化与衰退，就能发现大自然是如何让我们逐渐适应身体的衰老的。对于一个老年人来说，他的活力与美好时光还剩下多少呢？

唉！老年人所余下的生命还有多少！

——马克西米安,或"伪"加卢斯[1]

(《诗集》,第一卷)

恺撒曾在他的禁卫队中见到一名年老的士兵,此人疲惫不堪,他在街上请求恺撒允许他自杀。恺撒注意到他的枯槁之态,幽默地回应道:"你竟然以为自己还活着吗?"我认为,如果一个人突然陷入这种状态,是难以承受如此剧烈的变化的。然而,大自然牵着我们的手,以一种轻缓且几乎无感的方式,一步步将我们引向这凄惨的境地,使我们对它习以为常。因此,当青春从我们体内消逝时,我们竟对这一重创毫无所觉,但这实际上比生命的全然衰亡更为痛苦。因为,从充满活力、蓬勃向上的状态跌入充满不适与痛苦的境地,其落差远远大于从痛苦直接转变为死亡。

身体在弯曲和衰弱时无力承受重担,灵魂也是

---

[1] 他之所以被人称为"伪"加卢斯是因为他的部分作品曾被人误归于更早期的科尔内利乌斯·加卢斯。

如此；我们必须让灵魂直起身来，才能抵御敌人的袭击。因为只要灵魂对死亡感到畏惧，就不可能获得安宁；但如果它能够克服恐惧，就可以自豪地说，它已经超越了人类的境界：焦虑、恐惧或其他任何扰乱都不会使它动摇。

> 暴君凶恶的面孔无法撼动那坚如磐石的灵魂，
> 　　亚得里亚海的狂风也无法使之动摇，
> 　　　更别说雷霆万钧的朱庇特之力。
> ——贺拉斯（《颂歌集》，第三卷）

灵魂已征服了自己的欲望与情感，成为匮乏、耻辱、贫困及一切厄运的主宰。因此，我们每个人都应尽可能获取这种力量。这才是真正至高无上的自由，使我们有能力蔑视暴力与不公，对囚禁与镣铐不屑一顾：

> 你的手脚被囚禁在镣铐中，
> 　　由残忍的守卫关押。

> 一旦我祈愿，神明便会解救我。
>
> 他无疑是想说：
>
> 我将死去。死亡是一切事物的终结。
>
> ——贺拉斯（《书信集》，第一卷）

我们的宗教本身也没有比对死亡的轻视更可靠的世俗基础。理性本身已足够说服我们——为什么要害怕失去一件在失去之后根本无法感知的东西呢？况且，既然我们已经面临各种各样的死亡威胁，难道永恒的畏惧要比承受其中的一种更为可怕吗？既然它无法避免，那它何时到来又有什么关系呢？有人对苏格拉底说："三十位僭主已经判你死刑。"苏格拉底回答："大自然也已判了他们死刑。"

我们为什么要为了一种能让我们免除痛苦的东西而折磨自己？这是多么愚蠢啊！

正如我们的出生带来了万物的诞生，我们的死亡也将带来万物的终结。因此，为我们一百年后将不再活着而悲伤，就像为我们一百年前没有出生而难过一样荒谬。死亡是另一种生命的开端。我们曾经为进入这一段生命而哭泣,付出了许多代价;我们也将以同样的方式进入死亡。

凡是仅发生一次的事情,都不值得让人忧虑。如此短暂的事情,有必要花这么长的时间去害怕吗?长寿和短寿在死亡面前没有区别。因为对不再存在的事物而言,并没有长短之分。亚里士多德说,在希帕尼斯河附近有一种小虫,它们的寿命只有一天。在它们看来,早上八点死去是早逝,而下午五点死去的则是死于衰老。这些瞬息即逝的生命还要分个幸福或不幸,谁能不发笑?可如果将我们的寿命与永恒相比,或者与山川、河流、星辰、树木,甚至某些动物的寿命相比,也同样显得荒唐可笑。

然而,大自然强迫我们接受这一切,它说:"像进入这个世界时那样离开吧。你从死亡进入生命时,没有情感也没有恐惧;如今从生命回到死亡,也以同样的方式完成吧。你的死亡是宇宙秩序的一部分,它是世界生命的一环,

> 凡人彼此更替而活；
> 如同接力赛跑，将生命的火炬传递给下一位。
> ——卢克莱修（《物性论》，第二卷）

"难道我要为你改变这美妙的万物构造吗？死亡是你被创造时的条件，是你的一部分，当你试图逃避它时，也是在逃避你自己。你现在所享受的存在，同样属于死亡和生命。你出生的那一天，便向着坟墓迈了一步，

> 从被赐予生命的那一刻起，
> 我们就开始走向终结。
> ——塞涅卡（《疯狂的赫拉克勒斯》，第三幕）

向死而生，终点从一开始就在那里。
——曼尼利乌斯（《罗马星经》，第四卷）

"你活着的每一刻都在从生命中偷取时光，活着

就是以消耗生命为代价的。你的一生不过是为死亡打下基础的持续工程。当你还活着时,死亡已与你同在;当你不再活着,便进入死亡之中。或者,你也可以这样理解:你死在生命之后,而活着时你也一直在走向死亡;死亡对活人的打击更深刻、更猛烈,也更加直接和接近本质。倘若你已从生命中获得收益,那你就该心满意足地离开了,

> 为何不像个吃饱喝足的宾客那样,
> 尽兴之后便坦然离席呢?
> ——卢克莱修(《物性论》,第三卷)

"如果你未能善加利用生命,或者它对你毫无价值,那么失去它又有何妨?为何还要继续追求无益的延续?

> 若生命对你来说苦涩不堪,
> 又为何要延长它,

> 只为了让它再一次徒劳无功地流逝?
> ——卢克莱修(《物性论》,第三卷)

"生命本身既不是福祉,也不是灾厄;它只是一个舞台,善与恶全在于你的创造。如果你活过一天,你便已见过一切。一日即是所有的日子。没有别的光明,也没有别的黑夜。这同一个太阳,同一轮月亮,这些同样的星辰,以及这天地间的秩序,与你的祖先所见并无不同,也将继续照耀你的子孙后代,

> 你的先祖未曾见过其他景象,
> 你的后代也不会目睹别样天地。
> ——曼尼利乌斯(《罗马星经》,第一卷)

"在最坏的情况下,人生这场戏剧里的所有情节和变换,在一年之内都可以上演完毕。如果你留意过四季的轮回,就知道它们囊括了世界的童年、青年、壮年和老年。它在一年间就完成了循环,除了重新开

始,不会有其他的把戏,永远如此,

> 我们在同一个圆圈中循环,
> 永远被限制在其中。
> ——卢克莱修(《物性论》,第三卷)

一年自我轮转,不断从起点重新出发。
——维吉尔(《农事诗》,第二卷)

"我无法为你创造任何新的消遣,

我再也找不出任何能让你满意的新奇事物,
世间的一切都是相同的。
——卢克莱修(《物性论》,第三卷)

"为他人腾出位置吧,就如他人曾为你腾出位置一样。平等是公正的核心。既然所有人都被包括在这命运之内,又有谁能抱怨呢?此外,无论你活多久,

你都不会减少在死亡中必须度过的时间。无论在何时死去,你都将在这令你恐惧的死亡中停留同样长的时间,

> 即便你能凭借漫长的生命,
> 埋葬无数代人,
> 死亡依然会等待着你,永恒的死亡。
> ——卢克莱修(《物性论》,第三卷)

"此外,我将把你置于一种境地,让你没有理由感到不满,

> 你难道不知道,当你死去时,
> 不会有另一个活着的"你",
> 来为你的逝去哀叹,
> 或是守在你的坟墓前。
> ——卢克莱修(《物性论》,第三卷)

02 探讨哲学就是探讨死亡

"你也不会再渴望那令你如此留恋的生命了,

那时,
没有人会再为自己的存在或生命感到悲伤;
所有对自身的遗憾都将消失。
——卢克莱修(《物性论》,第三卷)

"死亡比虚无更不足为惧,还有什么比虚无更少的东西吗?

死亡对我们而言应该比虚无还要无足轻重;
如果真的存在比我们所见的虚无更少的东西的话。
——卢克莱修(《物性论》,第三卷)

"死亡无论对生者还是死者都毫无意义:对生者来说,你还活着;对死者来说,你已经不在了。此外,没有人会在他的'命定'时刻之前死去。你去世之后的时间不再属于你;就像你出生前的时间一样,

早已不与你相关,

> 回顾那些在我们之前的漫长岁月,
> 这无尽的永恒,对我们是何等无关紧要!
> ——卢克莱修(《物性论》,第三卷)

"无论你的生命在哪里结束,它都是完整的。生命的价值不在于它的长度,而在于对它的利用。有些人活的年头很长,但依然活得很少;珍惜眼前的时光吧,你的人生是否充盈不在于年岁的多少,而取决于你的意志。你能想象自己永远到达不了自己向往的目的地吗?即使如此,没有哪一段旅程是没有尽头的。

"如果陪伴能让你在这个过程中感到宽慰,那么整个世界不都是在和你一起向前走吗?

> 万物都将追随你而去,一同坠入死亡。
> ——卢克莱修(《物性论》,第三卷)

02 探讨哲学就是探讨死亡

"整个世界不都是在与你共舞吗?有什么东西是不会随着你一起衰老的呢?在你死去的那一刻,还有成千上万的人、动物和其他生物也同时逝去:

从未有夜晚接替白昼,也从未有黎明替代黑夜,

它们未曾听到,在婴儿哀鸣的啜泣中,

有死亡与丧礼的伴奏。

——卢克莱修(《物性论》,第二卷)

"如果无法退缩,那为什么还要试图逃避死亡呢?你已经见过无数愿意面对死亡的人,他们通过死亡摆脱了沉重的苦难,但是你可曾见过任何一个因为死亡而变得更糟的人吗?如果你未曾亲身经历或目睹他人经历,怎能轻率地对其下判断?你为什么要埋怨我和命运?我们亏待了你吗?是你来支配我们,还是我们支配你?即使你的年龄尚未成熟,你的生命却已完整。小人和伟人一样,都是完整的人。

"人类和他们的生命都不能用尺度来衡量。时间与永恒之神克洛诺斯向他的儿子喀戎解释了永生的条件,然后喀戎拒绝了永生。仔细想想,对于人类来说,永生将会是多么难以忍受,比我已赋予你们的生命还要糟糕得多。如果没有死亡,你会诅咒我剥夺了它。我故意在死亡中掺入了一点苦涩,以防你看到它的益处后,过于贪婪且鲁莽地拥抱它。我已在生命与死亡之间加入了适当的调和,既让你不会厌恶生命,也不会对死亡产生反感——这是我为你们所安排的必经之路。我将生命与死亡调和在快乐与痛苦之间,使其平衡。

"我教过你们这些人里最杰出的智者之一泰勒斯,告诉他生命和死亡是无关紧要的;因此,当有人问他,既然如此,他为什么不去死时,他明智地回答:'因为死了与活着毫无差别。'

"水、土、气、火,以及我的创造里的其他部分,既不是你生命的工具,也不是你死亡的工具。你为何惧怕你的最后一天?它对你的终结并无更多的贡献,只是最后一个到来而已。最后一步并不是造成死亡的原因,它不过是旅程的终点。每一天万物都在向死亡迈进;唯有最后一天才抵达终点。"

以上就是来自大自然母亲的忠告。我常常思考,为何在战争中,无论是面对自己的死亡还是他人的死亡,它都显得远不如在家中死去那么可怕;否则,你会看到一支由医生和懦夫组成的军队。死亡的本质始终是一样的,但农民和社会底层的人们似乎比那些地位更高的人要更加从容。我相信,其中的缘由并非死亡本身,而是因为我们用那些可怕的仪式和准备过程将死亡装点得更加恐怖:一种完全不同的生活方式;父母、伴侣和子女开始哭喊;惊愕而悲痛的朋友们前来探望;一群仆人面色苍白、泪流满面;昏暗的房间;点燃的蜡烛;医生和牧师围绕在床边;总之,到处充满了鬼魅和恐怖的气氛,仿佛我们已经被裹尸下葬了。孩子们甚至会害怕面具,哪怕面具下是他们最熟悉的人;我们也是如此。无论是对事物还是对人,我们都必须摘下这面具。之后,我们会发现,面具之下不过是与众生相同的死亡。那些使我们无暇准备这些烦琐仪式的死亡,才是幸福的死亡。

(孙潇潇　译)

03　论占卜[1]

关于神谕，可以肯定的是，早在耶稣基督降临之前，它们的可信度就已经开始下降了。我们看到西塞罗曾为神谕的衰落寻找原因："为什么德尔斐[2]不再有神谕了？不仅是今天，而是从很久以前就没有了，以至于如今被如此轻视（引自西塞罗）。"至于其他形式的占卜，例如对祭祀动物的内脏进行解读（柏拉图将其部分归因于动物内部器官的自然结构）、观察鸡的啄食和鸟的飞行："我们认为某些鸟类的存在仅仅是为了服务于占卜艺术（引自西塞罗）。"以

1　原文为第一卷第十一章。
2　德尔斐神谕是古希腊最著名的宗教现象之一。它发生在希腊中部的德尔斐，人们认为这里是太阳神阿波罗的圣地。一位被称为"皮提亚"的女祭司在神庙中通过进入一种神秘的、狂喜的状态，向前来求问的人提供神的启示，传达阿波罗神的预言。

及解读闪电、河流的泛滥:"祭司从这些现象中预言,占卜者从鸟的飞行中预见,许多事情通过神谕得以揭示,还有许多事情通过梦境和奇迹得以显现(引自西塞罗)。"古人依赖这些手段来决定大多数的公共和私人事务,现在已经被我们的宗教废止了。当然,我们仍然保留了一些占卜的手段,比如通过星象、灵魂、身体特征、梦境等进行预测,这些都体现了我们人类本性中的狂热好奇心,总是试图浪费时间去预测未来,好像我们处理当下的事务还不够忙似的。

> 奥林匹斯的主宰啊,
> 为什么你要让人类的苦难更添一层,
> 通过可怕的预兆让人们预知未来的灾难?
> 让灾难突然而至,将我们的命运笼罩在黑夜中;
> 让人们在恐惧中仍然可以怀抱希望!
> ——卢坎(《法萨利亚》,第二卷)

03　论占卜

"知道未来毫无益处，因为无谓的折磨是痛苦的（引自西塞罗）。"不过，如今占卜的权威性确实大大减弱了。

也因此，我对萨卢佐的弗朗切斯科侯爵的例子感到特别惊讶。他效力于法王弗朗索瓦一世，在阿尔卑斯山以南（意大利）的军队里担任副官，受到了法国宫廷的高度青睐，因此获得了从他兄长手中没收的侯爵领地，对国王心存感激。然而，尽管他没有什么机会改变立场，他本人从情感上也并不愿意背叛，可当时四处流传的预言都对查理五世[1]皇帝有利，对法国不利，把他吓得不知所措。这些荒唐的预言在意大利尤其流行，以至于在罗马有许多人相信法国即将崩溃，开始大量兑换货币。他反复向亲信哀叹，认为法国王室及其盟友必将遭受不可避免的灾难，于是他最终叛变，倒向了敌方阵营，给自己带来了巨大的损失。然而，无论当时的星象如何，他的行为却

---

[1] 神圣罗马帝国皇帝、西班牙国王，使西班牙称霸欧洲。

仍显得矛盾重重。他手握城市和军队,敌军由安东尼奥·德·莱瓦指挥,近在咫尺,并且我们对他的背叛毫无察觉,他本可以造成比实际更大的损害。然而,尽管他选择叛变,可我们既没有损失任何士兵,也没有失去任何城市,除了福萨诺,而那也是经过长期的争夺之后才失守的。

> 一位智慧的神明将未来隐藏在黑暗的帷幕中,
> 并嘲笑那些过度恐惧的凡人。
> ——贺拉斯(《颂歌集》,第三卷)

> 掌握自己命运并能快乐生活的人,
> 每天都能坦然地说:
> 我已活过今日;明日,无论是乌云密布,
> 还是阳光明媚,
> 都由宙斯决定。
> ——贺拉斯(《颂歌集》,第三卷)

03　论占卜

> 快乐的心灵活在当下,
> 绝不愿为未来忧心。
> ——贺拉斯(《颂歌集》,第二卷)

那些反对这种观点的人,错误地相信:"如果有占卜,就有神灵;如果有神灵,就有占卜(引自西塞罗)。"不过,帕库维乌斯的观点更为明智:

> 至于那些声称能够理解鸟语,
> 宁愿相信动物肝脏也不相信自己内心的人,
> 我们可以听听他们的话,但不必理会。
> ——西塞罗(《论占卜术》,第一卷)

备受赞誉的托斯坎人的占卜术[1]起源于这样一个

---

[1] "托斯坎人"是古罗马人对"伊特鲁里亚人"的称呼。所以此处指的应是意大利的伊特鲁里亚人所发展出来的一种复杂的占卜系统,它包括肝脏占卜、鸟卜、闪电占卜和异常现象解读等。这些占卜术不仅是伊特鲁里亚宗教的核心部分,也通过罗马人对其的吸收而对整个古典世界的宗教和政治产生了深远影响。

传说：一个农夫用犁头深深翻动着土地时，从地里冒出了塔格斯。他是一个半神，长着孩童的面容，却拥有老人的智慧。人们纷纷赶来，记录他的话语和知识，其中包含了该占卜术的原则和方法，人们将其保存了几个世纪。这一起源与它的发展密切相关。

我宁愿用掷骰子的方式来处理我的事务，也不愿依靠这样梦境式的占卜。

不过实际上，所有国家都会对国运产生极大的关注。在柏拉图设计的理想政治体制中，许多重要事务他也留给了占卜做决定，甚至主张优秀者之间的婚姻也应通过抽签来决定。他赋予随机选择以极大的权重，甚至规定由此出生的孩子应被社区抚养长大，而那些邪恶者所生的孩子则应被驱逐。然而，如果其中一个被驱逐者在成长过程中表现出良好的潜质，就可以被召回；而如果留下的孩子在青春期表现不佳，也会被驱逐。

我看到有些人研究历书，加以注解，并常用它们来解释当前所发生的事件，并以此来证明其权威性。但实际上，只是偶尔"命中"罢了："毕竟，有哪个每天练习投标枪的人不会偶尔命中目标呢（引自西塞罗）？"我并不会因为他们偶尔碰巧说中了事实而对他们刮目相看；如果他们能始终如一地撒谎，反倒更有规律和确定性。此外，没有人会记录他们的错误，因为这些错误太常见，数不胜数；而他们正确的预言之所以会被大肆宣扬，只是因为它们罕见到令人难以置信。有一次，无神论者狄奥戈拉斯在萨莫色雷斯回答了一个男子的问题，这位男子在庙里向他展示了许多海难幸存者献上的供品和许愿的画作，并问他："您既然认为神灵不关心人类事务，那要怎么看待这些因神灵庇佑而得救的人呢？"狄奥戈拉斯回答说："确实，可那些被淹死的人，数量其实更多。"

西塞罗说，在所有承认神灵存在的哲学家中，只有科洛丰的色诺芬尼试图根除一切形式的占卜。因此，我们偶尔看到一些高贵的灵魂被这些虚妄的事物所困扰侵害，也就不足为奇了。我愿付出一切去目睹下面这两大奇迹：一是卡拉布里亚修道院院长约阿希姆的书，里面预言了所有未来的教皇，包括他们的名字和外貌；二是拜占庭皇帝利奥的书，里面预言了所有希腊的皇帝和宗主教。这些我未曾有幸得见，但我确实亲眼看到过这样的情景：在社会混乱之际，人们被命运震惊，转而诉诸各种迷信，试图在天象中寻找灾祸的根源和警示。在我的时代，这种迷信是如此盛行，以至于让我相信，占卜是那些敏锐而闲散的头脑发明的一种消遣，那些熟练掌握这种技艺的人能够在任何文本中找到他们想要的答案。尤其是那些模糊、晦涩、充满幻想的预言，为他们提供了极大的便利，因为其作者并未赋予文字明确的意义，因此后人可以随心所欲地解读。

苏格拉底的"守护神"或许是一种自然涌现的意志冲动，在不等他进行理性判断之前就被强加给了他。苏格拉底这样的灵魂因智慧和美德的持续修炼而净化，因此这些冲动虽看似鲁莽且未经深思，却可能是重要且值得遵循的。每个人都能在自己的内心感受到类似的冲动，它们迅速、激烈且偶发。在这种情况下，相比理性，我更愿意赋予这些冲动一定的权威。我自己也经历过一些这样的情形，它们虽然显得不那么理智，却具有强烈的说服力或劝阻力，这种冲动在苏格拉底身上更为常见（正如柏拉图在他对毕达哥拉斯派的《提阿革斯》一书中所记载的那样）。我曾顺从这些冲动，并因此受益良多。看样子，它们似乎确实蕴含了某种神圣的启示。

（孙潇潇　译）

第二部

关于自我

04　论悲伤[1]

我极少会感到悲伤。人们对这种感情推崇备至，可我既不喜欢，也不推崇。人们常给智慧、美德和良心披上这件外衣：这种装饰多么愚蠢而可怕！意大利人更恰如其分地把悲伤称作"恶意"，因为它向来就是一种有害、无用且徒劳的品质，斯多葛学派不允许他们的哲人拥有这种怯懦而卑劣的情感。

传说埃及国王普萨姆尼图斯战败于波斯国王冈比西斯，不幸被俘。他看到被俘的女儿沦为奴隶，穿着仆人的衣服被派去打水。女儿从他面前经过时，他所有的朋友不堪此状，悲泣不已，他却如木雕泥塑般，一言不发地盯着地面，甚至看到儿子被拉走行刑也无动于衷。直到在同赴刑场的队伍中认出一位家

---

[1] 原文为第一卷第二章。

仆，他才突然开始捶胸顿足，泣不成声。

无独有偶，我们的一位亲王最近也发生了类似的事。他在特伦托得知了长兄的死讯，长兄是整个家族的支柱和荣耀。不久，亲王又获悉他二哥去世的消息，而他二哥是家族的另一个希望。他以惊人的坚毅经受住了这双重打击。然而，几天后，当他的一名仆人暴毙时，他的坚毅却被彻底击溃，沉溺在无边无际的忧伤和缅怀中无法自拔。有人因此推测，真正触及他内心的，只是这最后一次打击。但事实上，两位兄长去世的消息已经令他悲痛万分，他已处在悲伤决堤的边缘，而仆人的噩耗则可以说是压死骆驼的最后一根稻草。从上述埃及国王的故事中，我们也可以看出这一点，冈比西斯问普萨姆尼图斯，为何对子女的苦难无动于衷，却承受不住老友的不幸。普萨姆尼图斯回答说："因为对老友的悲伤可以用眼泪来表达，而对子女苦难的感受，任何方式都不足以表达。"

一位古代画家的创作与上面所讲的如出一辙。

在描绘伊菲革涅亚的献祭场景时，画家按照对美丽少女无故殉难的关心程度，来描绘人物不同的悲伤情状。这位画家尽其所能画出每个人的神情，描绘少女的父亲时，却将他的脸遮住，仿佛没有任何表情能传达他内心的极度悲伤。这也说明了为何诗人虚构出尼俄柏这位不幸母亲的故事：她在痛失七子之后又失去了七个女儿，最终因过度悲伤而化成了一座石像。

因痛苦而石化。

——奥维德（《变形记》，第六卷）

这句话用来表达沉闷、无声、失聪的麻木状态，当我们被无法承受之事压得喘不过气时，所有的感官都会变得迟钝。确实，极度悲痛会震慑灵魂，使其完全丧失日常功能。正如我们每个人都经历过的那样，听到一则不幸的消息会吓得魂飞魄散，呆若木鸡，但当灵魂通过眼泪和哀伤的倾诉宣泄之后，仿佛一下子从忧伤的压迫中寻到了解脱,也重获了自我调适的巨大空间。

> *最终,悲痛才勉强为哭声让出一条路。*
> *——维吉尔(《埃涅阿斯纪》,第十一卷)*

费迪南国王在古布达附近讨伐匈牙利国王约翰的遗孀时,一位手持武器的男子在厮杀中展现出前所未有的勇武,因而成了所有人关注的焦点。后来,这位无名勇士在赞扬声和惋惜声中战死沙场。德军统帅赖斯夏克看到他的遗体,与大家一道对他的牺牲深表同情。出于同样的好奇,他也想看看死者是谁。直到卸下死者的盔甲,他才认出原来是自己的儿子。在场者无不为他哭泣,只有他不说一句话,也没流一滴泪,怔怔地站在那里,凝视着儿子的尸体,直到悲伤将他彻底击垮。他停止了呼吸,僵直倒地。

言语表达的炽烈之爱，只是一簇温火。

——彼特拉克（《十四行诗》）

恋爱中的人用这句话来形容一种难以忍受的激情。正如卡图卢斯在他的诗中所写：

爱夺走了我所有的感官。
当你出现，我的莱斯比娅，
　我心中便没了杂念：
　舌头开始僵硬打结；
　热流悄悄蹿上血管；
　嗡嗡声在耳边作响；
　双眼蒙上沉沉黑夜。

——卡图卢斯（《诗歌》，第三卷）

当感情在最剧烈、最炽热时，我们往往很难表达痛苦或倾诉爱意。心中承载万千思绪，躯体则因欲望而变得虚弱和衰微。有时，欲火焚身的情人也会突然失去激情。由于过于激动,激情也会突然冷却。(1588 年的版本中,此处有一补充:"这一现象对我来说并非陌生。")凡是可以品尝和忍受的情爱,都是微不足道的。

> 小悲可说,大悲沉默。
> ——塞涅卡(《希波吕托斯》)

同样,意想不到的快乐也会产生同样的效果:

> 看到我和周围的特洛伊军队,
> 她立刻神志不清,迷离恍惚,
> 脸色苍白,晕倒在地,
> 许久才重新说话。
> ——维吉尔(《埃涅阿斯记》,第三卷)

历史上乐极生悲之人不胜枚举:一名罗马老妇看到儿子从坎尼之战的溃败中幸存回乡,由于过度兴奋而一命呜呼；索福克勒斯和暴君狄奥尼修斯也死于兴奋过度。塔尔瓦则是在获悉自己被罗马元老院授予荣誉称号时兴奋过度，客死科西嘉岛。在我们这个时代，这样的例子也随处可见：教皇利奥十世一直希望攻克米兰，听到夙愿得偿，他欣喜若狂，高烧不退，一命呜呼。还有一个例子能更显著地证明人类脆弱的天性：据古人记载，辩证学家狄奥多罗斯由于在学生和听众面前没能回答出一个棘手的难题而羞愧难当，在课堂当场命归西天。

　　至于我，则很少有这种强烈的情感。我天生迟钝，而且每天用理性堆砌堤坝，防止感情崩溃，故而变得坚强。

05　论无所事事[1]

正如我们看到的那些未被耕种的肥沃土地，如果任其长期闲置，便会滋生漫无边际的杂草和其他无用的植物，从而变成荒地。如果想要使这些土地发挥其真正的作用，我们就必须加以耕种，并洒下对我们有益的作物种子。同样，女性自身会生长出一些未成形的肉块，但若要孕育出自然且良好的生命，就必须借助另一种种子来实现。人的思想也是如此。大脑如果无所事事、无所节制，不专注于某种特定的主题或研究，就会在想象的荒野上脱缰驰骋，陷入无序的放纵之中。

水在铜盆里颤动，

1　原文为第一卷第八章。

05 论无所事事

> 倒映出阳光与月影,
> 腾起的光束四散开来,
> 飞旋升至天花板。
> ——维吉尔(《埃涅阿斯记》,第八卷)

骚动的心产生的不是疯狂,就是飞落的梦幻:

> 似病患
> 发着无尽幻梦。
> ——贺拉斯(《诗艺》)

思想没有明确的目标就会迷失方向。正如古人说:

> 无处不在的人,其实无处可在。
> ——马提亚尔(《讽刺诗集》,第七卷)

最近,我要退隐返乡,尽我所能不管闲事,自由支配时间,忽略光阴似箭,闲适地度过余生。我认为,对我的思想最大的爱护,就是让它无所事事,自由地选择运转还是休息。我指望通过这样做,使头脑更加灵活地运转,随着时间的推移思想可以有更多沉淀,也能更成熟;但我发现事情并不简单:

> 无所事事,只会胡思乱想。
> ——卢坎(《法萨卢之战》,第四卷)

我的思想像一匹脱缰的野马,带给自己的烦恼比别人给的要多上百倍。脑海里幻象丛生,仿佛生出了无数怪物,层出不穷,既无次序,也无目的。为了能够随时仔细观察自己这种愚蠢古怪的行为,我便开始将它们诉诸笔尖,落于纸上,希望有朝一日会自惭形秽。

06 论恐惧[1]

> 我惊呆了,毛骨悚然,瞠目结舌。
>
> ——维吉尔(《埃涅阿斯记》,第二卷)

我并不是所谓的自然主义者,对洞察潜藏心底的恐惧并不在行。然而,这确实是一种奇怪的情感。照内科医生的说法,恐惧比任何其他情感都能更快地蒙蔽判断的双眼。我见过许多人因恐惧而失去理智,就连最沉稳之人陷入恐惧时也会心慌意乱。我在此暂且不论凡夫俗子——他们恐惧会看到老祖宗裹着尸布爬出坟墓,担心撞见魑魅魍魉,害怕遇到狼人,担忧会做噩梦或是遇上虚构的怪物。按说比起其他人,士兵胆子最大,感到恐惧的概率也应该最小,

---

[1] 原文为第一卷第十八章。

但即使是他们，不也常常由于恐惧，把羊群错认成装甲骑兵，把芦苇错认成执矛骑士，把朋友错认成敌人，把法国的白十字错认成西班牙的红十字吗？

德·波旁殿下攻打罗马时，守卫圣彼得堡的一名旗手一听到警报就吓丢了魂，抓起旌旗，从一个墙洞里扑了出来，直直奔向敌人，还以为自己是在往城内撤退。德·波旁殿下以为是城中的人出来应战，就让军队列阵，准备迎战；那骑兵一见敌军才恍然大悟，立即转身原路返回，钻回了墙洞。可在这之前，他已盲目地在开阔的战场上跑了三百多步了。

下面这位主人公却没这么走运。当我们的圣波尔被布雷伯爵和勒乌先生攻打时，朱利奥上尉的步兵也遭遇了同样的境况。他同样被吓得失魂落魄，一股脑儿带着旗子从观察口跳出城外，当场被攻城者杀死。也就是在这次围城中，一位贵族被吓得心搏骤停，竟在毫发无损的情况下倒在垛口，彻底断了气。

有时，这种恐惧带来的疯狂会擒住一大群人。在日耳曼尼库斯同德国人的一次交战中，两军都因恐惧而陷入混乱，惊慌中竟分别朝对方刚刚出发的地方撤退。

有时，恐惧会给脚后跟插上翅膀，就像前面两个例子；有时，又会为我们的双脚钉上钉子，让我们动弹不得。以皇帝西奥菲勒斯为例，他在同阿加伦人的一次战役中吃了败仗，魂消胆丧，浑身麻木。恐惧给他的双脚钉上了钉子，使他无力逃跑，如昆图斯·库尔提乌斯所言：

> 恐惧让人害怕到不敢逃命。
>
> ——昆图斯·库尔提乌斯
>
> （《亚历山大大帝史》，第二卷）

直到主将曼努埃尔来拽他、摇他——仿佛要把他从被恐惧支配的噩梦中唤醒——对他说："陛下，如果您不跟我走，我就杀死您。因为我宁愿让您失去生命，也好过见您被俘，失去帝国。"恐惧在剥夺我们的责任心和荣誉感之后，为了展示自己的权威，又把我们变得无所畏惧。塞姆普罗尼乌斯在指挥罗马人与汉尼拔的第一次交战中失败，上万名步兵惶惶然，夺路而逃，但当他们发现无路可退的时候，竟闯入敌人的主力部队，奋力拼杀，突围而出，歼灭了不计其数的迦太基人，但这次勇猛的突围仅仅是为了换取一场耻辱的逃亡，而不是一场光荣的胜利。

这正是我对恐惧最为害怕的地方，它甚至能让人做出看似英勇却实为怯懦的举动。一旦被这种感情支配，深陷其中，就比任何事情都要糟糕。还有什么比庞培的朋友在他的船上目睹一场大屠杀所感受的痛苦更加强烈的呢？可事实上，当他们看到埃及战船缓缓逼近，恐惧便催生出巨大的警觉，压倒了一切，以至于他们不断地催促水手划桨逃跑，直到抵达提尔，脱离险境之后才终于回过神来，转而思考他们刚刚历经的巨大损失，并放任自己沉浸在哀伤中，号啕大哭。此前，那种更为强烈的情感——恐惧——完全抑制了他们的眼泪和哀号。

06 论恐惧

> 恐惧掳走了我心中的一切理智。
>
> ——恩尼乌斯
>
> （引自西塞罗《图斯库卢姆谈话》，第四卷）

那些在战斗中负伤的战士，即使鲜血淋漓，满身是伤，第二天依旧可能被送上战场继续厮杀。但是对那些被敌人吓破了胆的人，却再也无法重拾直面敌人的勇气了。那些时刻担心丧失财产、被放逐或被奴役的人，总是生活在持续的忧虑之中，食不甘味，夜不能寐；但穷人、流民、农奴却往往活得跟众人一样开心。很多人因为受不了恐惧，宁愿选择上吊、投河，或坠下山崖变成残躯断肢。这些都充分证明了恐惧比死亡更加纠缠不休，也更加令人难以忍受。

希腊人眼中还有一种恐惧，有别于上述种种，会通过神秘莫测的缘由让我们陷入其中。他们认为这是来自上天的力量。这种恐惧往往会支配整个民族、整个国家、整支军队。迦太基人就曾被这种无来由的恐惧笼罩，全国上下陷入一片恐慌，惊叫和哭号随处可闻。臣民们像听到了警报似的,冲出家门互相伤害甚至自相残杀,仿佛敌人攻占了他们的城市。一切都陷入无序与嘈杂,直到他们用祷告和献祭仪式平息了神的怒火。他们将这种现象称为"恐慌性惊惧"。

第三部

关于社会

07 　论遁世隐居[1]

不如暂且搁下积极生活与遁世隐居之间漫长的比较吧。至于用华丽的辞藻为其野心和贪欲开脱辩解，说什么"我们生来就是为公不为私"（这是卢坎对乌提卡的加图的赞美，《法萨利亚》，第二卷），就任由那些入世之人尽情评说吧。请他们扪心自问，说说世人汲汲于头衔和官位，难道不正是反其道义而为，想从公众那里牟取私利吗？世人追名逐利时采用的恶劣手段，足以说明他们的目的并不值得称颂。

让我这样回答入世的蓬勃野心吧：使我渴望品尝出世滋味的，正是入世本身。像我这样的隐居之人在竭力逃避什么呢？不正是与公众的交往吗？野心又在苦苦寻觅什么呢？不正是这样一个喘息之地

---

[1] 原文为第一卷第三十八章。

吗？人处处都可作恶或行善。然而，诚如比亚斯所说，最糟糕的地方就是人最多的地方；或像《传道书》中所写，千人之中难觅良人。

> 好人寥寥，
> 几乎跟底比斯的城门
> 或尼罗河的河口一样稀少。
> ——尤维纳利斯（《讽刺诗》，第十三首）

在人群中恶习的传染是非常危险的。我们要么模仿恶人，要么憎恨恶人，这两种选择都很危险：我们要么会因为他们人数众多而变得与他们相似，要么就因为与他们不同而心生憎恶。出海的商人会谨慎观察船上的水手，不能是放荡不羁、亵渎神明或品行不端的人，并避免与他们同行，以避免因这些同伴而招致不幸。正如哲学家比亚斯对那些同他一起在遭遇风暴时祈求神明的人开玩笑时所说的那样："小点儿声，别让神察觉你们跟我在一起。"

再举个情况更为紧迫的例子,印度总督兼葡萄牙国王特使阿尔布克尔克在一次危险的海难中将一名男童扛在肩上,只是希望孩子的天真无邪能使他得到神灵庇护,渡过海难,逢凶化吉。

这并不是说智者不能在任何地方都活得顺心,他们在喧嚣的宫殿中也可以独善其身。但如果可以自由选择,他一定会告诉你,他会尽量避开人群的视线。必要时,他也会忍受众人的簇拥;但如果选择权在他手中,他会选择一个人待着。他觉得如果自己还需要与他人的恶行作斗争,那就不算是真正摆脱了恶行。卡隆达斯甚至将那些与坏人厮混的人也视为恶人,一并惩治。

没有什么比人类更矛盾的了:最合群的是人,最不合群的也是人——前者因他们的天性使然,后者则是因他们各自的缺点与恶行。

安提斯泰尼被指责与坏人为伍,他便解释说:医生也可以生活在病患中间。在我看来,这个答案并不能令指责他的人满意。因为医生为病患的健康出力，而自己的健康常常由于疾病传染、与病患的长期接触而受损。

我认为，隐居生活的最终目的都是一样的：活得悠然自得。但是，人们往往在追求这一目标的过程中误入歧途，用错了方法。他们通常认为自己已完全抛却世事，其实只是换了一种事情忙碌。管理小家，并不比治理整个国家轻松，人心无论在何处都会全力以赴、罄其所有。家事虽小，麻烦却不少。再说，尽管甩开了官场和商场的琐事，我们还是躲不开尘世间的重大烦恼。

> 驱散烦恼的是理性和审慎，
> 而非远离尘世的海角天涯。
> ——贺拉斯（《书信集》，第一卷）

野心、贪财、踌躇、恐惧，以及过度的欲望，并不会因为我们离开了家乡就离开我们。

黑暗的忧郁坐在骑士的鞍后。
——贺拉斯(《颂歌集》,第三卷)

这些烦恼一直尾随我们进入隐修院和哲学院。无论是沙漠、岩洞,还是苦修的粗布和禁食,都不能助我们摆脱它们。

致命之箭如影随形。
——维吉尔(《埃涅阿斯记》,第四卷)

有人跟苏格拉底说,某人在旅行中并没有任何提升,他答道:"我十分相信,因为他的缺点也一直在跟着他走。"

为何要远走异国?
逃得了家乡,逃得了自己吗?
——贺拉斯(《颂歌集》,第二卷)

如果一个人不先卸下心灵的重担，那么不断地移动只会让这担子变得更加沉重。就像一艘货船，稳固不动的货物反而更容易运输。挪移床上的病人弊大于利，病痛会随着移动在体内越来越重，就像将木桩插入土中时，上下移动反而可以让它扎得更深、更牢。所以，仅仅远离公众或搬离城市是不够的，一个人必须摆脱那些占据着心灵的世俗习气，必须让自己与这些外在的干扰相隔绝，才能重新找回自我：

> 或许你会觉得自己已经挣断了枷锁：
> 　正如那条生拉硬拽扯断链条的狗，
> 但它逃跑时，脖子还拖着那段长长的链子。
> 　　　　——佩尔西乌斯（《讽刺诗》，第五首）

拖着链条，就不算完全自由。只要我们回望过去抛下的种种，便会念念不忘。

07　论遁世隐居

除非心灵被净化,

否则我们将不得不面对多少争斗,

多少危险,尽管我们竭尽全力也无法避免!

无边而残酷的欲望带来的苦恼,

连同紧随其后的恐惧一起,

撕裂着那些被它们折磨的人类!

傲慢、欲望、愤怒

又给我们带来了怎样的毁灭!

奢侈和懒惰

会唤醒我们心底怎样的恶魔!

——卢克莱修(《物性论》,第五卷)

罪恶扎根于心,无所遁形。

——贺拉斯(《书信集》,第一卷)

所以,应该让它回归自制——这才是真正的大隐,虽然在喧哗城市和宫殿中也能做到,但远离尘世肯定会更容易实现。

既然我们决定尝试独居，并且放弃与他人的一切交往，那么就让我们安排好自己的生活，使满足感完全从心底自然生出，摆脱一切将我们束缚于他人的羁绊，学会真正地独自生活，并在这份独处中感到自在安宁。

斯提尔波在他家乡的一场大火中幸免于难，但火灾夺走了他的妻子、儿女和全部财产。德米特里一世见他遭受如此重创仍一脸平静，就询问他有没有什么损失。他回答说："没有，谢天谢地，我的东西没有任何损失。"这真应了哲学家安提斯泰尼的那句俏皮话，"人应该准备些能让自己漂浮在水面上，并在遇上风暴时可以随其一起游离沉船的财物"。

确实，哲人只要不丧失自己，就不算有任何损失。诺拉城被蛮族毁灭，身为城中主教的保利努斯在战争中失去了一切，自己也沦为战俘。彼时他曾这样祷告："主啊，请让我不要为这些外在损失感到惋惜，您最清楚，他们还没有触及任何真正属于我的财富！"

这就是明智选择那些可以免受伤害的真正财富的意义，我们将其隐藏在一个无人能触及的地方，而这个地方唯一可能会面临的威胁只能来自我们自己。我们需要伴侣、儿女、财富，尤其是健康，但对这些的追求不可偏执到以牺牲自身幸福为前提。我们必须保留一个完全属于自己的"后室"，在里面安放我们绝对的自由，让其承载我们内心的孤独，成为一个避难所。在那里，我们可以倾听内心的声音，与自己对话。就像没有伴侣、儿女、财富、随从或仆人一般，这样，一旦我们真失去了他们，也能安之若素。我们的心灵本就柔软可塑，它能够自我作陪，也可以攻、守、收、授，不必担心这种孤独会让我们陷入无助的空虚：

在孤独中，一人自成一世界。
——提布鲁斯（《哀歌集》，第四卷）

安提斯泰尼说美德是自足的，它没有戒律、言语，也从不强求结果。

在日常行为中，一千件事里也找不出一件与我们切实相关的。你看这位，怒气冲天地穿越火线，奋力爬上即将坍塌的城墙残垣；还有一位，满脸伤疤、脸色发白，饿得就要昏倒，却宁死也不肯给敌人打开城门。你认为这些人真是为自己吗？不，也许是为了某个到死都见不到面、只顾自己、边坐享其成边寻欢作乐的人吧。还有一位老兄，你看他流着鼻涕，眼角嵌满眼屎，穿得邋里邋遢，半夜才从书房里出来，你当真认为他埋在书堆里就能变得更优秀、更睿智、更幸福吗？绝无可能，他会这样直到生命的尽头，然后告知后人普劳图斯诗句的格律，或是某个拉丁词语的正确拼法。

谁不是自愿用健康、安宁和仅此一次的生命，来换取名声、荣誉这些对我们最无用、最虚假的东西呢？我们自己的死亡所带来的恐惧和困扰还不够，还要用妻儿和亲属的死亡来折磨自己吗？我们的私事要是还不够让人烦恼，那就再算上邻居和朋友的烦心事吧！直到我们心力交瘁为止。

> 唉！为什么人会喜爱身外之物
> 超过喜爱他自己？
> ——泰伦斯（《阿德尔福》，第一幕）

在我看来，隐居对泰伦斯而言是奉献青春为国效力之后最佳的选择了。

我们已经为别人活了足够长的时间，留一小段给自己吧，留一些思量给自己的安逸和幸福。全身而退绝非易事。即使没有其他牵绊，退出这事本身就足以令人头疼。既然上帝赐予我们迁居的自由，就快做准备，打包行李，好好与人作别，扯断那些让人费心劳力、精疲力竭的牵绊吧。

我们一定要冲破束缚，无论这束缚多么牢固，从此之后，爱我所爱，但除了自己以外，不要再完全归属于任何人与事。也就是说，让剩下的生命全然属于我们自己，不要与外物靠得太近，不然扯都扯不开，非到剥皮见骨的地步不可。世间至妙，莫过于看清谁才是自己的主人。

既然我们不愿将自己贡献给社会，那就该早早与它告别，就像没能力还，就不该向人借。既然我们的精力已经不够用，那就都用在自己身上吧。若有人能从内心抛开友谊和社会的责任，那就由他去吧。在别人眼中他已毫无用处，变成累赘、讨厌鬼了；但他可得当心，可别自己也这么看自己。让他舔舐自己的羽毛，自我宽慰、自我取悦吧。最要紧的是，要学会自我管理，遵从理智和良心行事，要严格到一犯错就羞愧难当的地步。

"人们很少能对自己有足够的尊重与敬畏。"
　　　　　　——昆体良（《雄辩术原理》，第十卷）

苏格拉底说："年轻人就该好学向上，成年人就该有所作为，老年人应当解甲归田，过回归自主的生活，也不需要承担什么事务上的责任。"

有些人比另一些人更适合这句退休隐居的建议。这种人，既意志薄弱又悟性差，还不屈就，倔强得很。无论从先天本性还是后天改造的情况来看，我自己就是这种人。我这种人，可比另一种人更愿意退休；另一种人，不太容易适应隐居生活。他们事事都管，热衷参与一切，一逮到机会就要毛遂自荐，对万事万物都充满热情。我们应当利用那些偶然的、外在的便利，只要它们能为我们带来愉悦，但不能视其为我们幸福建立的根本。因为它们并非真正可靠的基础，无论理性还是本性都不应支持这种做法。为何我们要反其道而行之，违背规律，任我们的幸福被他人主宰呢？有些人是出于宗教的虔诚，为了防止不测而放弃到手的舒适；哲学家则出于理性的思考，沦为自己的仆人，自己伺候自己，睡硬板床，双目无神，散财入河，自讨苦吃。（有些人是想通过今生的折磨换取来生的喜乐；有些人是为了把自己拴在台阶上，防止坠落）这些才是把美德推向极端的行为。最强壮和坚毅的心灵，都会将它们的隐居生活布置得辉煌灿烂，成为值得效仿的榜样。

> 当命运对我不利时，
> 朴素的生活能让我安适满足；
> 但发迹时我同样要说，
> 用钱换取美宅的人很聪慧，
> 是真正拥有美好生活的人。
>
> ——贺拉斯（《书信集》，第一卷）

于我而言，需要的远比这些少得多。我满足于命运的眷顾，并为它随时可能出现的冷落做好准备。我尽量用想象力去预演未来可能遭逢的不幸，这道理就像我们经常在和平时期通过比武和竞技来模拟战争，为即将到来的一切做准备一样。哲学家阿尔克西拉乌斯在财富允许的情况下使用过金银器皿，我不认为他这是没有节制、有失道德。他这么做，比放弃使用这些东西的人更令我钦佩，因为他能够以慷慨和节制的态度使用这些物品。

我知晓自然需求的极限。当我看到来敲门求施舍的穷人比我更快乐、更健康时，我试图换位思考，努力让自己的心态去适应他们的生活方式。借助他人的例子，我先后体验了死亡、贫穷、蔑视和疾病等磨难的滋味，我能做到轻松地看待它们的到来。经历这些磨难所积累的耐心，让我有足够的坚毅不向命运低头。我不信理解力的低下会比坚韧的意志更有力量，或者思辨的作用敌不过习惯的力量。我从没忘记提醒自己这些身外之物的易逝，所以，在我享有它们的时候，我仍为了它们真诚地向上帝祷告，让我对自我和生活知足常乐。我见过健康无忧的年轻人在柜里备上一大堆应急感冒药。他们觉得药在手边，生病就不那么可怕了。同样，我们也要为自己做好准备，如果我们预感到自己可能会受到更严重的疾患，就应该储备那些能够缓解痛苦的药物。

隐退之人，应该选择一种既不辛苦也不乏味的生活，否则这种选择就毫无意义。并且，这取决于每个人的脾性、喜好。我就不适合操持家务，喜欢它的人也该适可而止。

> 要做外部环境的主人,而不是奴隶。
> ——贺拉斯(《书信集》,第一卷)

按照撒路斯提乌斯的说法,操持家务实在是一种奴仆般的工作,其中某些活计倒是说得过去,比如园艺。色诺芬说居鲁士就曾做过园丁。我们会发现,有的人全身心投入这种琐碎、令人焦虑的劳动中,有的人则保持根深蒂固的懒散态度,对一切都充耳不闻。在这两种极端之间,也许可以找出一种两全其美的办法:

> 德谟克利特任由牛群吃他的麦子,
> 践踏他的田地,
> 因为此时他的心思早就远远地飘出了身体。
> ——贺拉斯(《书信集》,第一卷)

07　论遁世隐居

关于隐居，还是让我们听听小普林尼是怎么劝告他朋友鲁福斯的吧："我劝你，在这种充实闲散的隐居生活中，把家务事交给仆人，沉下心来，投入文字创作中，产出一些属于你的独有之物吧。"他所谓"属于你的独有之物"是在说写作带来的声望。这种想法与西塞罗相似，后者曾说他希望可以从政务中抽身出来，利用隐居的时间去写作，以此为自己赢得不朽的生命。

> 若无人知道你的学识，
> 它们还有何用？
> ——佩尔西乌斯（《讽刺诗集》，第一首）

乍看之下，这似乎很有道理——但既然我们谈论的是从尘世间隐退，那就应该超越世界来看待问题。然而，有些人只做到了一半：他们的确为隐退生活做了充足打算，但依旧想在隐退时获取来自尘世间的成果，这种矛盾实在是荒谬。

相比之下，出于虔诚寻求隐居的人，心怀对上帝许诺的来世的憧憬和信念，这隐居的理由似乎更加合理。他们把自己交给这个拥有着至善至纯、无所不能形象的上帝，心灵自然能得到满足欲望的自由。悲伤和痛苦于他们有益，因为这是为了获得永恒健康和喜乐所需承受的；他们渴望和期待死亡，因为这是通往完美乐园的阶梯。严苛戒律很快被习惯软化，随着禁欲，原始冲动渐渐平息，因为这些欲望只有不断被满足才能维持。"追求来世的幸福"这个赤裸的目的，堂而皇之地要求我们放弃现世的欢愉与幸福。在心灵中燃起信仰与希望的熊熊烈火之人，已经在隐居中为自己活出了无与伦比、充满诱惑的美满姿态。

但是，对于以上这些人隐居的目的和劝告的手段，我统统不以为然。因为我常从一个灾祸跳进另一个麻烦。读书这件事和其他任何事一样劳心费力，都与健康为敌，而健康才应该是我们最该重视的对象。此外，人也不应该被读书的欢愉诱惑，因为正是这种欢愉毁掉了那些忙于家务的人、贪婪的人、享乐主义者和野心家。先哲劝告我们谨防欲望变节，并区分真正的、完整的快乐与那些夹杂着痛苦的虚假快乐。他们说，大多数欢愉就像被埃及人称为"腓力斯丁人"的强盗一样，拥抱和爱抚只是为了勒死我们。如果头痛在醉酒之前到来，我们就不会喝多了。但那欢愉啊，为了欺骗我们，大摇大摆地走来，身后却掩藏着危机。读书使人欢愉，但如果过度用功，则会失去好心情，影响健康，倒不如合上书本，由它去吧。对于我来说，不管有怎样的收获，都无法弥补这种损失。有人总觉得自己虚弱衰微，最终委身于药物，臣服在某些规则中，苟延残喘，度过余生。一个疲于应付日常琐事、厌倦常规生活、选择退隐的人，也应该用理性的规则编织新生活的轮廓，通过设想和反思让新生活站稳脚跟。他必须挣脱藩篱的牵绊，甩开叨扰身心平静的一切冲动，选出适合自己脾性的路。

每个人要选择适合自己的路。

——普罗佩提乌斯（《哀歌集》，第二卷）

在辛勤持家、读书、打猎与其他活动中，人应该尽力攫取最高的愉悦，也应该攥紧节制的缰绳，因为脱缰意味着灾祸。保留这些事务和活动，仅仅是为了避免懒散松懈，好让自己保持活力。艰涩难懂的学科大都是为世人创设，应该把它们交给尘世之人去研究。我偏爱读那些轻松快乐的书，或者那些能使我宽慰、教导我如何掌控生命和应对死亡的书。

> 在清新怡人的密林中，
> 我静静地沉思，哲人应当做些什么。
> ——贺拉斯（《书信集》，第一卷）

更聪慧、心灵也更强大的人，完全可以依靠精神力量来获得内心的平静。而我只有稀松平常的心灵，只能靠物质舒适来维持自己的栖息。岁月冲刷，带走了我曾经最爱的欢愉，所以我必须磨炼，调整我的喜好，以适应年龄的增长。我们应当竭尽全力，像用双手攥紧、用牙齿死死咬住那样，紧紧抓住生活中的乐趣，因为随着岁月的流逝，这些乐趣会一件接一件地从我们手中被夺走。

> 让我们摘取生命的蜜果吧，
> 这正是我们活着的原因；
> 总有一天我们会变成一堆灰烬、
> 一缕幽魂或者他人口中的谈资。
> ——佩尔西乌斯（《讽刺诗集》，第五首）

至于普林尼和西塞罗所提出的追求声望这一目标，就完全超出了我的考虑范围。野心是与隐居最格格不入的性情，名望和安宁同样水火难容。在我看来，这两位哲学家只是将手脚伸到世俗之外，心灵和企图依然深嵌于世俗。

> 啰哩啰唆的老头，
> 难道你就是为了取悦别人的耳朵而生吗？
> ——佩尔西乌斯（《讽刺诗集》，第一首）

他们后退，是为了跳得更远，是为了以更猛烈的姿态扎入凡尘。想知道他们是怎么从一个目标转向另一个目标的吗？让我们将这两位哲学家的建议放在天平上权衡一下。这两位来自完全不同学派的哲学家分别给他们的朋友写信，一位写给伊多梅纽斯，另一位写给卢西乌斯，内容都是劝他们从荣誉和公务中脱身，去过隐居生活。

他们在信中这样写道："你在尘世中漂泊至今，现在请到避风港来颐养天年吧；你已将阳光灿烂的壮年交给了世俗，把余下的岁月交给庇护的港湾吧。如果你不放弃累累功绩，就不可能从事务中脱身，所以，别再关心名誉和荣耀了。过去的辉煌成就为你披上了无上荣耀，甚至到了私密的隐居地也会紧紧跟随。与其他的享乐一起，把赞美带来的得意也一并丢掉吧！至于学识和能力，没关系，只要你们自身与它们相称，自然就不会担心失去。记得有个人，我问他为何要殚精竭虑做一项鲜为人知的工作时，他答道：'有人知晓，我已足够。一个人也足够，甚至无人知晓也足够。'他所言非虚。你和你的同伴,或者单单你自己,就足够撑起一出戏剧。视众生为一,一散为众生。企图从闲适的隐居生活中捞取荣誉,那是卑劣野心露出的马脚。你应该像野兽一样把洞口的足迹抹去,让寻迹而来的人都各自散去。不要在意世人如何谈论,而要重视自己如何同自己交流。让自身归于自我,但要先做好准备。如果不能管理自我,我们就不能相信自己能担起责任。就像人在尘世中会犯错,隐居时也会犯错,只有当你成为一个在自己面前都不敢犯错的人,只有当你对自己感到敬畏和羞愧时,你才能真正隐居。

让高尚常驻于你的内心。

——西塞罗

(《图斯库鲁姆疑难问题》,第二卷)

"你们要时时记挂卡托、福西翁、阿里斯提德这些哲人,在他们面前,傻瓜都知道掩藏自己的缺点,就让他们监督你们的意志吧。如果你们的行为偏离了美德,对他们的尊敬能让你回到正轨。用这种方法,他们会使你们自我满足,将心灵牢牢扎根在思想愉悦的土壤中,对真正的幸福有透彻理解,并满足于这样的醒悟,不再希望长生不老或声名大噪。"

这才是真正的哲学,而非前两位那种炫耀、卖弄、夸夸其谈的哲学。

08 论谎言[1]

说到记性,没有人比我更自惭形秽了。因为我言寻忘答,记性就像筛子,我绝不信世上能找出第二个记性比我还差的人。我身上的其他品质都十分平庸,但唯独这记性的缺陷可谓独树一帜,值得传扬。

记忆被柏拉图称为"强大尊贵的女神",此言不虚。尽管我的差记性与生俱来,但在我的故乡,说谁没有脑子,就是说他不长记性。所以,每当我抱怨自己没记性时,大家都不相信,还质疑我,好像我是在犯傻。他们将智力和记忆力混为一谈,让我越来越不受待见。他们真是误会我了,日常经验告诉我们:好的记忆力和糟糕的判断力是天生一对。

他们对我的误解越来越深,最终演变成对我薄

---

[1] 原文为第一卷第九章。

弱记忆力的贬损，我这个最擅长当人朋友的人反倒成了他们口中无情无义之人。他们将我对问题的偏执狂热归结于我的烂记性，原本的天生缺陷被硬掰成了意识问题。"我看他就是忘了，"有人说，"他遗忘了这人的请求、那人的承诺，早就将朋友抛诸脑后！他忘了张嘴，也忘了做事，甚至连自己隐瞒了什么都忘得一干二净。"不假，我确实"擅长"遗忘，但我从没忽略过朋友嘱咐我要办妥的事，一次也没有。这些误解带给我的痛苦和不便已经够多了，就别再给我扣上"恶意"这顶破帽子了。

然而，我从我的烂记性里竟也能找出一丝宽慰。

首先，记性差正好遏制了另一个极易从我心底滋生的恶魔——名利之心。因为，身为一个爱社交的人，记性差是不能容忍的缺点。就像自然界的此消彼长，我的记忆力衰退了，但其他能力却相应增强。假如出于好记性的原因而让社会言论在我脑海里久久盘桓，那么我自己的判断和思考便会很容易受他人左右，从而让我无法独立思考。我并不健谈，因为记

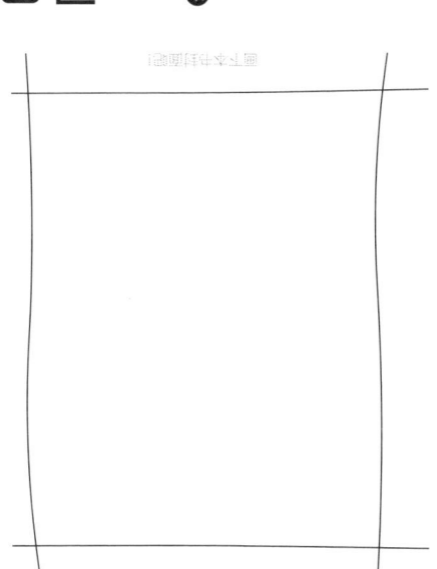

扫码或搜索关注公众号"未读"
获取微信专属关注有惊喜

◎ 未读被标注关注公众号"未读"
的内容被关注 看看你的阅读状况

【未读】,未读之书,未读之馆。一个关于书籍、观念与创新精神的综合文化品牌,涵盖众多精选书目,致力于为读者提供有趣、实用、深刻的阅读体验源泉。

使用说明:
沿着虚线水平折叠,即可获得1张未读书签以及1张填写好收藏本卡片,在1781本未读后2句名言、填充与欣赏兼具多,又倒映着阅读。卡片数量有限,实用,深刻的阅读体验源泉。

【未读】,未读之书,未读之馆。一个关于书籍、观念与创新精神的综合文化品牌,涵盖众多精选书目,致力于为读者提供有趣、实用、深刻的阅读体验源泉。

本名言摘抄自《未读》所有

from 未读 → to DR 答卷 +99 巴黎

[图下方为书签图]

UNREAD

一起來考古吧！
發掘自家的「未讀」

書名	作者
我的序分	閱讀日期

✦ ✦ ✦ ✦ ✦

喜愛憂句

我的書評

忆仓库往往比思想仓库的存储量更大。如果记忆力对我太过忠诚，我就会在朋友耳边喋喋不休，非把他们震聋不可。他们提出和讨论的话题，也能借我之口得到承接、处理、升级和扩展。但这样其实糟透了，我观察过几位亲友，他们越是能记起事情的所有细节，讲述时就会包含太多细枝末节，让故事越发乏味冗长。就算故事本身不错，他们也会讲得一塌糊涂。一旦故事不够精彩，你就会在心里骂他们的记性太好，怪他们的见解太浅薄。确实，谈话总是易放难收，张嘴就能让人听懂，也不是件容易的事。如果一匹马总能在奔跑时利落停步，那可真称得上是宝马了。甚至，我还遇到过一种人，态度还算中肯，但只要一开始他们伟大的谈话，就一往无前，永不停歇。他们虽然一直在寻找结束谈话的完美句点，但依旧拖拖沓沓，还会一直揪着鸡毛蒜皮的事情不放，就像瘸腿的男人拖着条废腿那样磨磨蹭蹭。拥有悠远记忆的老人最可怕了，一遍遍倾诉往事，把我们的耳朵都磨出茧了。有位高人曾对我说：本来妙趣横生的故事，只要在同一拨人嘴里传播千百次，也会变得索然无味。

我感到宽慰的第二个原因，借古人的话来说，就是我很少记得自己受到的欺辱，否则我就得雇一个人专门提醒自己的伤痛。就像波斯皇帝大流士，为了不忘记雅典人对他的羞辱，每次用膳时都让年轻侍从在他耳边重复三遍："陛下，别忘了雅典人。"可对我来说，在重读书卷与重游某地时，都会发现它们总是笑脸盈盈地向我走来，新鲜生动，亦如初见。

有人说，记性差的人就别去干撒谎的勾当，这话不无道理。我知道语法学家区分了"说谎"和"撒谎"，他们认为："说谎"是指陈述一件本就错误但说者信以为真的事；而"撒谎"一词源于拉丁语（法语也起源于拉丁语），是指说者违背良心，心口不一。

第二种人正是本文谈论的主体。他们嘴里的话，要么凭空捏造、胡编乱造，要么掩盖真相、歪曲事实。他们常靠着天马行空的想象多次掩盖或改编同一个故事，这难保不被戳穿。因为，真相已经占领了记忆的第一高地,并通过认知的途径深深扎根于我们的记忆当中。真相非但不会在虚构面前隐藏自己,还会将根基薄弱的虚构驱赶出去。初次接收的知识在我们脑海中留下印象,一遇见谎言便重新涌现,将谎言覆盖;我们只会按第一印象允许的方式来塑造记忆。那些完全胡编乱造的人,因为没有相应的印象出面肃清,就自以为可以逃脱被揭穿的命运。即使这种空中楼阁般的夸张谎言,会娴熟地乘记忆之危,妄图逃脱审判,但撒谎者自己也很容易陷入恍惚。接触这种人是一种颇为有趣的经历,他们苦心钻营随机应变的能力,能灵活地转换言辞,或者讨重要的人欢心。由于信仰和良知服务于外部环境,他们的言行前后并不一致,会看人下菜碟,一件事能被粉饰成好几种颜色。如果将撒谎者自相矛盾的谎言堆在一起,来场竞赛,谁会技压群雄?哪一条谎言会被选为他最精妙的艺术品?需要补充的是,他们难免经常滑稽地掉进自己设下的陷阱,因为想要记住同一套谎言里那么多繁复的细节,那得要多好的记性!我听说,现在很多人都渴望拥有这种绝妙的能力,但他们未曾想过,即使美名远扬,也是徒有虚名罢了。

实际上,撒谎是一种诅咒般的恶习。语言能将我们同他人联结在一起。如果能认识到谎言的恐怖和魅惑,我们就该抓起火把,提起宝剑,对它执行最严厉的审判。我常看到,父母会因为天真无邪的孩子犯了不合时宜的小错而纠正他们,还会因为他们无心做的小恶作剧而体罚他们。在我看来,只有撒谎及次之的顽固不化才是父母应该惩戒的。这两种恶习会悄然出现在孩子的童年中;如果不纠正这两种恶习,它们便会随着孩子一起发展壮大。令人惊奇的是,撒谎的闸门一旦打开,就再也关不上了。因此,我们常常看到一些原本很诚实的人被撒谎控制,沦为谎言的奴隶。我有一名裁缝朋友很尽责,但我从没听他说过一句实话,即便是对他有利的实话也没说过。

假如谎言与真相一样都只有一副面孔,我们应该也能与它和谐相处。因为我们只要从谎言的反面去理解撒谎者的言论即可。然而真相的反面——谎言，却长着千百张面孔，有着难以捉摸的边界。毕达哥拉斯学派认为：好是有限和确定的，坏则是无限和不确定的。千路抵谎言，一条通真相。当然，我无法保证能够不违背良知，用谎言保佑自己度过眼前的重大危机。一位神父曾说，与一条狗做伴，都比跟用不同语言的人做伴好。

> 于他人而言，
> 外国的人并不能被视为一个真正的"人"。
> ——普林尼（《自然史》，第七卷）

在社交场合，撒谎比沉默更糟糕。

法国国王弗朗索瓦一世通过计谋，把巧舌如簧的米兰大使弗朗切斯科·塔韦尔纳辩得哑口无言。塔韦尔纳是米兰公爵弗朗切斯科二世·斯福尔扎的使节，因其出色的谈判技巧而闻名，他受公爵派遣，就一件非常重要的事件与法国国王展开辩论。

事情是这样的：弗朗索瓦一世不久前被逐出意

大利，但仍希望与米兰公国继续保持亲密的同盟关系。因此他派出一名特使，以处理私人事务的名义伪装成普通人，实则作为国王的特殊使节留在了米兰公爵身边。由于当时米兰公爵与神圣罗马帝国皇帝交往甚密，尤其正值他与丹麦国王的女儿（后来的洛林公爵夫人）谈婚论嫁的敏感时期，所以不能公开与法国扯上关系，以免影响他巨大的政治利益。这位名为梅尔韦耶的米兰绅士，同时也是法国国王的亲信侍从，在接到国王的密信和使节指令后，带着一些表面上看起来与他私人事务相关、实为掩盖目的而用于伪装的推荐信开始了任务。但他在米兰逗留的时间过久，最终引起了猜疑，结果可想而知。米兰公爵随便给这位大使安上刺杀未遂的罪名，仅用两天就完成了审判，判决当夜就让他人头落地。法国国王闻讯，立即向所有基督教王国和米兰公爵本人申诉此事，想求一个满意的结果，但塔韦尔纳早已捏造了一大段谎话进行辩驳。在议会上，他陈述了许多看似合理的处死大使的理由。他说他的主子一直当那人是来米兰处理私事的,而且那人也没有亮明其他身份,所以米兰公爵从没把他当作大使看待。法国国王一股脑儿提出许多对细节的质疑,步步紧逼,终于在"为何半夜处死大使"这个问题上,将塔韦尔纳困到死角。塔韦尔纳面露难色,尴尬万分,只得回答:"公爵是考虑到陛下您的声誉,才在夜里秘密行刑。"他被法国国王当面戳穿谎言,颜面扫地。你们能想到他会受到多少嗤笑嘲讽吗?

教皇尤利乌斯二世为了煽动英国国王亨利八世反对弗朗索瓦一世,派一名大使前往英国。大使陈述了此行的缘由及目的,亨利八世在明确答复之前,坚持说要做好周密充分的准备,才能与强大的法国为敌,还附上了其他理由。大使不合时宜地回复亨利八世,他曾考虑过这些困难,并已经向教皇禀报。此言一出,与他前来引战的目的南辕北辙,这让亨利八世因此而怀疑(后来也被证明事实确实如此)这位使节实际上是支持法国的。他将这一情况告知教皇,结果这位使节家产被抄,小命也险些不保。

09 殊途同归[1]

当被我们冒犯过的人掌握了复仇的权力,而我们也面临任其摆布的境地时,平息他们怒火最常用的办法就是让他们对我们心生怜悯。然而,与之相反的勇敢和坚决,有时也能起到同样的作用,殊途同归。

威尔士亲王爱德华曾长期主政吉耶纳,不仅腰缠万贯,还声名远扬。他曾被利穆赞人深深激怒,所以用武力攻下利穆赞城后,他没有被遭到屠戮的百姓的哭号打动,也不因妇孺跪在他脚边苦苦哀求而动容,而是率部继续他的雪耻之战。直到深入城中,看见三位法国勇士(他们分别是让·德·维尔米尔、于格·德·拉罗什和罗杰·德·博福特)无畏地同胜

---

[1] 原文为第一卷第一章。

券在握的英军浴血奋战时,他才开始心软。他十分敬佩这种高尚的美德,不但就此息怒,还从这三位骑士开始,赦免了城内幸存的百姓。

斯坎德贝格是伊庇鲁斯的国君,他曾追赶手下的一名士兵,想置其于死地。那位士兵先是低声下气,苦苦哀求,试图平息君王的怒火,却无济于事。最后他决定孤注一掷,操起利刃与君王决斗。士兵的坚毅彻底止住了君王的怒火——他见士兵做出如此令人钦佩的决定,便宽恕了他。然而,那些不了解斯坎德贝格天生神力和勇武的人,看到这个例子或许会得出相反的结论。

在围困巴伐利亚公爵圭尔夫时,康拉德三世不屑于被困者提出的卑微与懦弱的条件和赔罪(1140年,发生于上巴伐利亚的魏因斯贝格),只允许同公爵一起被困的贵妇保全体面,徒步出城,允许她们把能带的东西都带走。这些高尚的贵妇竟然决定把丈夫、孩子甚至公爵本人扛在肩上,一起出城。康拉德三世为她们的果敢喜极而泣,他和公爵之间的刻骨之仇烟消云散，从此仁慈地对待公爵及其子民。

上述屈服和抵抗的两种方式，都很容易将我征服。因为我向来极富同情心，宽容温和，甚至自认为在怜悯和钦佩之间，我更容易因怜悯而屈服。然而，对斯多葛学派的哲学家们而言，怜悯是一种有缺陷的情感。他们主张救助受苦受难者，而不是因他们的苦难而动摇或感同身受。

上述这些例子对我来说似乎更为贴切。因为我们从中能看到那些伟大的心灵经受的软硬双重考验，看到他们如何承受一种考验而不动摇，却屈服于另一种。也许可以说，恻隐之心是人类温和、宽容、柔弱的表现，而妇女、儿童、市井小民等天性柔弱者则更具这种倾向。蔑视眼泪和乞求、崇敬勇敢的神圣化身，正是不屈不挠的顽强心灵的体现，即只崇拜令人尊敬的刚强和毫不动摇的果敢。然而，对于那些灵魂狭隘的人而言，惊奇和敬佩有时也能产生类似的效果。底比斯人民就是一个例证。他们将两位任期已过却赖着不走的将军押解到重罪法庭审判。其中，一位名叫佩洛皮达斯的将军在人民控告的压力下屈服，为保全性命苦苦求饶，最终获得人民的赦免；相反，另一位名为伊巴密浓达的名将却将过往的功勋淋漓尽致地宣扬一番，还自信高傲地谴责在场之人忘恩负义。人们在表决时不敢投票，而在法庭散会时，纷纷赞扬他的勇气。

大狄奥尼西奥斯经过艰苦卓绝的斗争，终于攻下了利基翁[1]，抓获了曾负隅顽抗、十分勇敢的统帅菲通，并想以残酷的方式报复他，以示惩戒。首先，他告诉菲通，前一天已将他的儿子和全部亲族淹死了。对此，菲通只是淡然作答："那么他们比我多幸福了一天。"然后，大狄奥尼西奥斯命刽子手剥光菲通的衣服，当街示众，残忍地鞭打、羞辱他，再用粗言秽语谩骂他。菲通却临危不惧，神色坚毅，大声宣扬自己的死是为了伟大崇高的事业，是为了不让祖国落入独裁者的手中，并威胁大狄奥尼西奥斯，说他将受

---

[1] 原文为 Rhegium，《圣经》中译为利基翁，是如今的意大利南部港口城市雷焦卡拉布里亚。

到诸神的责罚。大狄奥尼西奥斯从自己士兵的目光中看出他们并没有被这位败将的顶撞之言激怒,反而因目睹如此非凡的勇气而对菲通心生敬畏。整个部队甚至开始轻视大狄奥尼西奥斯和他的胜利。显然,他们已经被菲通非凡的勇气所打动,有了反叛的苗头,打算从刽子手手中将菲通解救出来。大狄奥尼西奥斯见此情景,不得不终止这场折磨,暗中派人将他溺死在大海中。

是啊,人类极其虚荣又反复无常,很难对一个人做出确定且前后一致的评价。庞培曾被马墨尔丁人激怒,却因一个叫芝诺的公民愿意只身为马墨尔丁人担罪受罚而宽恕了全城百姓;而苏拉在围攻普雷尼斯特城时,一位地主也展示出了同样的美德,结果既未能为自己争取到宽恕,也未能为其他人争取到任何好处。

亚历山大则与前述例子截然相反。这个最勇敢并且宽容对待战俘的人,在浴血奋战攻下加沙城后,碰上该城的指挥官贝蒂斯。他在围城之时早就领教过此人的英勇顽强——在这场战役中，贝蒂斯被他的属下抛弃，盔甲被砍得支离破碎，全身血迹斑斑、伤痕累累，却仍在马其顿人的包围中孤军奋战。亚历山大为这次胜利付出了高昂的代价，尤其自己也在战斗中受了两处新伤，因此耿耿于怀。他对贝蒂斯说："贝蒂斯，你想死，我非不叫你如愿，你将尝到一个战俘可能受到的所有折磨。"可面对威胁，贝蒂斯却神色坚定，傲气凛然，一言不发。亚历山大见贝蒂斯如此坚定而傲慢的沉默，心中思忖："他为何不低头？为何不求饶？他是骄傲得连低三下四都忘了吗？！我一定要打破他的沉默，就算他一声不吭，我也要让他呻吟几声。"亚历山大的愤怒升级为暴怒，命士兵刺穿贝蒂斯的脚后跟，将他拖在马车后面，五马分尸。

难道是因为亚历山大对勇敢太习以为常，所以他不欣赏、不看重这种品质？或是因为他自己太勇敢，看到别人同样有胆量，就嫉妒得难以忍受？又或许他天性愤怒，容易暴躁，难容异己？

的确，如果亚历山大能够抑制住怒火，那么在攻占和掠夺底比斯城的时候，那些失去自卫能力的勇士便可免遭屠戮，不必在他眼前被残忍地处死。在这场鏖战中，六千名底比斯勇士被屠杀，但没有一人逃跑或跪地求饶；相反，街上到处都有人反击得胜，挑起战斗，然后高尚赴死。遍体鳞伤的战士在生命的最后关头还在杀敌报仇，用勇敢和绝望掷出武器，再杀几个敌人以求安慰。他们悲壮的行为没有得到亚历山大的丝毫怜悯，而且一日屠城并不足以缓解亚历山大对复仇的渴望，非要等到战士流尽最后一滴热血才能停止。最后，只有三万名手无寸铁的老弱妇孺幸免于难，沦为奴隶。

第四部

关于态度

10 好坏取决于我们的看法[1]

古希腊有句俗语说:"麻烦本身并不痛苦,痛苦的是麻烦带来的感受。"假如能够牢记这句话,芸芸众生的疾苦便能缓解许多。如果坏事只存在于主观判断中,我们便可凭借意志将它驱散,或让它转变成好事。倘若我们能掌握好坏的判断,那为何不转化坏事并妥善安排,让它们有利于我呢?如果我们口中糟糕和痛苦的事,实际上既不糟糕,也不痛苦,感受只是我们的意志强加给它们的,那么我们就有能力改变这些主观感受。选择权在我们手中。假如没有外界的强迫,我们还是坚定地与糟糕之事为伍,并将疾病、贫穷和蔑视蒙上一种令人作呕的痛苦滋味,而不是赋予它们美好的滋味,那可真是傻到家了。如果命

---

[1] 原文为第一卷第十四章。

运仅仅提供了素材，而上天赋予了我们更改其表现形式的能力，那我们何不善加利用呢？现在，让我们来看看，这些口中糟糕的事本身是否真的有那么糟，或者至少，它们是否因我们为它赋予的另一种味道、另一张面孔而呈现出现在的样子。归根结底，这两者是相通的。

如果我们惧怕的事有权在我们身上随意扎营，它同样会在其他人身上落脚。所有人都是同一种类，除了程度上的多寡，我们都使用相同的工具制造想象、形成判断，但我们对事情所持的观点五花八门，这都清楚地证明了我们对其进行了二次创作。也许有人以其真实的本质坦然接纳了它们，但成千上万的人却也给了它们一种全新的，甚至是完全相反的本质。

我们将死亡、贫穷和痛苦视为首要公敌。死亡被大部分人视为最恐怖的事，殊不知有人却把死亡看作躲避侵扰的宁静港湾、统治自然的支配者、实现自由的唯一靠山、治愈一切苦难的救世良方。正如有

10 好坏取决于我们的看法

人一想到死亡就瑟瑟发抖,而有人认为死比活着轻松。有人还会抱怨死亡有多么容易:

> 哦,死亡!如果能赦免怕你的人,
> 只惩罚那些不怕你的该有多好!
> ——卢坎(《法萨利亚》,第四卷)

我们暂且搁置这些夸夸其谈的勇气。面对想要杀死自己的利西马科斯,狄奥多罗斯说:"若你有斑蝥[1]之力,便能刺中我。"大多数哲学家要么能有目的地预见死亡,要么加速或协助死亡的降临。

我们能看到很多知名人士在死亡(不仅仅是普通的死亡,而是混杂着羞辱和怨愤的死亡)前,显得十分镇定,无论这种镇定的源头是坚勇还是天性使然。他们与平时无异,照样料理家事,和朋友谈笑风生,歌唱,说教,与人友善相处,还会偶尔开开玩

---

[1] 一种剧毒昆虫,能分泌名为斑蝥素的液体以御敌,中毒者神志不清,随即呼吸衰竭。

笑,更会和同伴举杯痛饮,就像苏格拉底那样。有人在被带往绞刑架前,要求不要经过某条街,担心那条街上住的某个商人会因陈年旧账不让他走。有人会要求刽子手别摸他的脖子,以免他因为怕痒而笑出声来。有人听到他的告解神父向他保证,说他死的那天将和上帝共进晚餐,他回复:"那你替我去吧,我正在禁食。"有人临刑前问刽子手要水喝,刽子手自己先喝几口再把杯子给他,他就不喝了,说怕沾染上什么恶疾。那个皮卡第人的故事想必家喻户晓:此人已上了绞刑架,人们带来一个姑娘,说如果他愿意娶这姑娘,便能保住性命(我们的法律有时允许这样做)。他对着姑娘思忖片刻,上下打量了一番,发现她腿脚有残疾,便说:"来吧,绑我吧,绞死我吧。她是个瘸子啊。"听说在丹麦也有过类似的事。人们向断头台上等待处决的人提出同样的条件,也遭到拒绝,因为这位姑娘脸颊凹陷,鼻子太尖。

图卢兹的一位家仆被指控为异教徒。他随着他的主人(一位和他一起被捕的年轻学生)信了异教,至死都不相信主人有罪。我们也听过阿拉斯人的故事——当路易十一攻下城池时，许多人宁可被吊死，也不喊一句"国王万岁"。

纳拉辛加王国至今还保留着一个传统：教士的妻子在丈夫去世后必须一起被活埋。其他妇女则要在丈夫的葬礼上被活活烧死，她们不但勇敢，而且欢欣雀跃地奔向死亡。在国王的葬礼上，三宫六院、官员奴仆全都欢喜地扑向焚尸的烈火。对他们而言，为国王殉葬是一种无上的荣耀。

还有一些无足轻重、爱开玩笑的人，即使在死亡面前也不愿放弃他们的幽默感。一个人被刽子手推上绞刑架时，喊道："开船吧！"这是他的口头禅。还有一个人濒临死亡，朋友将他安置在火炉旁的草褥上，医生一边问他哪里不适，一边用手摸着他的病腿。他说："在板凳和火堆之间。"当神父为他行临终涂油礼时，寻找他因病痛而蜷缩起来的双脚，他回答："你会在腿的末端找到它们的。"有人劝他祈求上帝，他却说："为什么？"那人答道："上帝高兴了，就会赐福予你。"他说："我可以让上帝明晚再带我走吗？"那人说："您还是向上帝祷告吧，您命不久矣。"他说："那我觉得最好还是我亲自去见他吧。"

在我们和米兰后期的战役中，由于城镇频繁地被占领与夺回，百姓无法承受如此多变的命运，因而对死亡产生了坚定的决心。我曾听父亲说，当时有二十五户人家的家主接连在一周内自我了断。这件事与桑索斯人的故事很类似。桑索斯城被布鲁图斯的大军团团包围，城中男女老少陷入了一种几近疯狂的求死欲望中，为赴死所做的努力甚至超出了常人为逃避死亡所做的努力。最后，布鲁图斯只勉强救下了极少百姓。

任何一种信念都能强大到足以让人甘愿为之付出生命的代价。在希腊与波斯的战争中，希腊的士兵会在出征前宣誓，第一条誓言便是：宁可牺牲生命，也不能让波斯人的法律替代自己的法律。在土耳其与希腊的战争中，多少人宁愿接受残酷的死亡，也不愿将割礼改为洗礼。这样的例子表明，任何一种宗教都可以激发如此坚定的信念。

当卡斯蒂利亚的国王将犹太人驱逐出境，而葡萄牙国王若昂二世以每人八个埃居[1]的价格允许他们避难于自己的领土，条件是必须在规定的限期内离开，并承诺，将会为他们提供去往非洲的船只，不上船的犹太人则要沦为奴隶。那天，运送犹太人的船只稀稀拉拉，上船的犹太人受到船员粗暴的虐待，受尽屈辱；船员们还设法拖延到港时间，一会儿前进，一会儿后退，迫使犹太人耗尽粮食，逼迫他们向船员高价购买口粮。航行时间延长了，等犹太人上岸时，身上除了衬衣再无他物。尚未动身的犹太人听说了这种惨绝人寰的消息，大部分人宁愿沦为奴隶，只有个别人假装改变了自己的信仰。

曼努埃尔继承若昂二世的王位后，首先让那些犹太人恢复自由，但很快又改变主意，命令他们在期

---

[1] 法国古货币。

限内离开葡萄牙,并承诺开放三个港口让他们通行。大主教奥索里奥称,新国王自知无法强行让犹太人皈依基督教,希望通过恢复他们的自由来达成目的。那些犹太人不会甘愿像同胞那样被船员无情掠夺,也舍不得放弃脚下熟悉的富足土地,被流放到异国他乡。然而,新国王的愿望落空了。他见犹太人一个个决绝地选择流亡,便下令关闭两个已经应允开放的港口,以便漫长旅途的不便会改变某些人的心意,或者将他们集中在一个地方以便实施进一步的计划。这个计划就是将所有十四岁以下的犹太人从父母手中夺走,送到遥远的地方接受基督教教育,建立基督教思想。这一命令造成了极其可怕的场面:子女和父母之间的亲情,以及他们对自身古老宗教的狂热信仰,都激发了他们抗争到底的决心。自杀身亡的父母随处可见,还有些父母因爱子之情做出更惨烈的举动,将孩子投入井里逃避迫害。最终,国王规定的期限一到,别无他法的犹太人只得重新沦为奴隶。当然,有些人确实转信了基督教,但即便是在百年后的今天，也没有几个葡萄牙人能对自己的信仰以及他们后代的信仰保持毫不怀疑的态度，尽管习俗和时间远比其他约束更有说服力。

不仅是我们的领袖，

甚至整个军队都曾经多次冲向必死之地。

——西塞罗（《图斯库卢姆的谈话》，第一卷）

我曾见过一位挚友只想奋力奔向死亡。这个念头在他心中扎根，并通过各种不同的理由加以巩固，我无论如何也无法打消。当第一个机会出现时，死亡披着荣耀光环，在他心中化为圣所，他完全丧失了理性，如饥似渴地朝它跑去。

现在有些人遭受一丁点儿挫折便去寻死，甚至有些还是孩子。就像一位古人所说："如果连懦夫的避难处都害怕，我们还有什么不怕的呢？"甚至在最幸福的时代，无论什么性别，处于何种地位，信仰什么宗派，都有人耐心等死，自愿赴死，他们或是因为逃避生活的艰辛，或是生活太过如意，还有的渴望到来世寻觅更好的环境。这些人比比皆是，数不胜数，恕我在这里不能一一列举。不，其实贪生怕死的人数量太多，统计惧怕死亡的人可能更容易些。

在这里，我只举一个例子：一天，哲学家皮浪乘船时遇到暴风雨。他见周围人惊慌失措，便用一头在风暴中事不关己、无忧无虑的小猪为例，鼓励身边的人。既然多亏了理性的便利，我们才能骄傲地认为自己能主宰和控制他人，那么，可否大胆地说，我们的理性是为了痛苦折磨而存在？事情的观念通过理性的过滤到底还剩下什么？如果我们知晓事情真相后失去平静，坐立不安，还不如皮浪所说的那头小猪什么都不知道，反而心安理得；了解赤裸的真相，于我们到底有何益处？难道我们要把天赐的财富用来自我毁灭，与自然形成的普世规律抗衡吗？这种普世规律，难道不是让我们所有人抓住一切有利的能力、情况和途径为自己谋利吗？

10 好坏取决于我们的看法

或许，有人会这么反驳我的观点：你说的规律的确适用于死亡，但贫困又该怎么解释？还有，亚里斯提卜、希罗尼穆斯等许多哲学家称为最不幸的痛苦的东西，又该怎么解释？有些人嘴上否认痛苦是最大的不幸，心里却不得不承认这一点。波希多尼斯在病中苦不堪言，学生庞培去看望他时，对于自己这时候来同老师探讨哲学深感抱歉。波希多尼斯对他说："但愿老天保佑，这疾病之苦夺不走我谈论哲学的权利！"随后便一头扎进哲学，对痛苦置之不理。与此同时，痛苦仍在体内肆虐，不停折磨他，直到他大喊："痛苦啊！如果我不将你看成不幸，你的所为也注定徒劳。"这件事被传为佳话。我倒想知道，这跟蔑视痛苦又有什么关系？他只是在字面上与痛苦搏斗，如果不是疼得太厉害，又为何要中断谈话，为何要美化痛苦，为何要忍不住称其为不幸呢？

这里所说的痛苦，并不完全存在于想象之中。对于其他事，或许我们可以美化，但痛苦无法修饰，因为痛苦源于我们感官的判断。

> 感官一旦欺骗了我们,
> 那理智本身也会出错。
> ——卢克莱修(《物性论》,第四卷)

难道我们能让受鞭抽的皮肉觉得这只是挠痒痒吗?能让我们的味觉相信芦荟的味道像格拉夫葡萄酒吗?皮浪说的小猪也是同理。它不怕死,可如果我们打它,它便会痛苦地嚎叫。天下生灵在痛苦中都会瑟瑟发抖,难道我们要强行越过这条自然法则?就连树木受到伤害时似乎也会呻吟。死亡通过理性被感知,因为它只发生在顷刻之间。

> 它要么已经发生,要么将要发生,
> 从不会正在发生。
> ——拉博埃西
> (引自拉博埃西致蒙田的一首讽刺诗)

10 好坏取决于我们的看法

死亡的拖沓,要比死亡本身更折磨人。

——奥维德(《英雄书简》)

成千上万的人和牲畜,与其说是怕死,不如说更怕岌岌可危的状态。关于死亡,我们最怕的是它耳熟能详的前奏——痛苦。一位基督教圣父曾说:"死亡不是魔鬼,但接踵而至的后果是(引自圣奥古斯丁)。"而我更想说的是,无论死前死后,都与死亡无关。我们常常为自己的错误开脱,而通过经验,我发现我们之所以忍受不了痛苦,是因为忍受不了对死亡的想象。痛苦让我们不得不联想到死亡,故而让我们承载了双倍苦痛。但理性又指责我们,竟然会害怕自己遇到无情的、不可抗的突发情况时所流露出的懦弱胆怯,于是我们又找到了另一个更容易接受的借口。所有只令人痛苦而无其他危害的疾病,我们不必把它看作绝症。让人痛苦却不危及生命的牙痛、痛风,只要不是致命的,谁会当它们是病呢?如果我们在死亡中主要害怕的是疼痛的话。同理,贫困也并不可怕，除了它通过饥渴、寒冷、酷热、无眠将我们推向痛苦的怀抱。

其他折磨我们的不幸同样黔驴技穷，只剩痛苦。我乐于承认，痛苦是人世间最大的不幸。我对痛苦咬牙切齿、避之不及。到目前为止，谢天谢地，我与它仅是泛泛之交。然而即便无法消除痛苦，我们至少也应该尽量忍耐，以求减轻一些痛苦，这样即使身体擅自背叛逃亡，我们仍能让心灵坚守岗位。若非如此，我们怎么会敬仰勇敢、力量、宽容、毅力这些美德呢？"勇气渴望的是危险（引自塞涅卡）。"如果我们不露宿野地，驮着沉重的负担，忍受烈日的暴晒，杀掉马驴以求果腹；不摔得粉身碎骨；不经历从骨头中取子弹，缝合、烧灼或导尿的痛苦，我们还能凭借什么脱颖而出、鹤立鸡群？哲人们说：在高尚的行为中，越是痛苦，越值得付出辛劳。"人在欢愉、淫乱、玩笑中得不到幸福；这些都是轻浮的伴侣，在苦难中百折不挠的信念，反而常常让他们觉得幸福（引自西塞罗）。"因此，无法让我们的祖先相信，用武力和战争换来的胜利,不如用计谋和实践安全获胜来得更有价值。

> 我们为高尚行为付出的代价越高昂,
> 就越喜悦。
> ——卢坎(《法萨利亚》,第九卷)

另外,让我们更加宽慰的是:"通常痛苦越痛,时间越短;时间越长,程度越轻(引自西塞罗)。"过多痛苦会让人失去感觉,之后要么它自行消失,要么它让你丧命。两者是一回事。如果你不能忍受它,就会被它打败。

须牢记:最大的痛苦是死亡的终点,小的痛苦断断续续,我们能主宰的只是不大不小的痛苦。如果痛苦能忍受,便忍耐着它;如果不能,便躲开它。当生命失去欢愉,那就结束它,就像走下舞台。

——西塞罗(《论至善和至恶》,第一卷)

我们之所以无法忍耐痛苦，是因为我们不习惯从心灵上获取最大的满足。我们未能给予心灵足够的重视，而它是我们生存的最高主宰。身体维持平衡，既不过分也不欠缺，并且只有相同的方式和状态；心灵却千变万化，让身体的各种感觉和意外都臣服于它。这就需要我们去研习它、探索它，唤醒它所有强大的能力。理性、力量或规定都影响不了它的选择。心灵掌握上千种状态，应赐予我们平和冷静，这样，我们便可以在它的庇护下安然面对一切伤害与冒犯；甚至如果它愿意，我们还会以痛为乐。

心灵公正地运用一切，错误和梦想都是它趁手的工具，能让我们感到安全、满足。很明显，激发痛苦和欢愉的，正是我们锐利的思维。动物不具备这种思维，只知放纵身体享受自由和自然。我们观察它们类似的行为，能看出所有动物都是如此。如果我们不去打扰肢体的判断，相信境况会更好一些，心灵会以公正温和的态度对待痛苦和欢愉；它不偏不倚，中正适度。但既然我们已经违反了它的规则，放纵自我,自由选择,那至少尽量多用欢愉的态度去思考吧。

柏拉图曾担忧人类会深陷痛苦和欢愉无法自拔,因为这会导致心灵过分依赖肉体。但我觉得,恰恰相反,这会使心灵和肉体渐行渐远。

敌人见我们逃窜,会更加穷追猛打;痛苦见我们屈服,便会威力大增。谁抵死不从,它便向谁缴械投降;人应该与它坚决斗争,畏畏缩缩只会招来被摧毁的威胁。正如身体越壮,人就越坚强,心灵也是如此。

再来举几个例子,说说我这种心灵薄弱的人吧。我们会发现,痛苦就像宝石一样,宝石是鲜亮还是黯淡,取决于它周围的金属矿物,就像如果我们不给痛苦可乘之机,它便无容身之所。"他们愈向痛苦让步,痛苦愈猖狂地折磨到底(引自圣奥古斯丁)。"外科医生用手术刀划开我们时,其痛觉胜过在激烈的战斗中被人用刀砍十下;医生和上帝都认为分娩无比痛苦,而我们却用如此繁多的仪式来庆贺它,整个民族都不把它们放在眼里。我暂且不谈斯巴达的妇女，但在我们的瑞士步兵中，你们看到了什么变化？当她们跟在丈夫后面小跑时，你会看到她们的脖子上骑着昨天还在肚子里的孩子，除此之外一切如常。而那些在我们中间出现的假冒的埃及女人，则会自己去清洗她们刚出生的孩子，并在最近的河里洗澡。除了这些每天都把生下的或怀着的孩子藏起来的女人，罗马贵族萨比努斯的那位好妻子，为了他人的利益，独自忍受了生产双胞胎的痛苦，没有让人帮忙，也没有发出一声哭泣或呻吟。

一个普通的斯巴达男孩偷了一只狐狸，并把它放在斗篷里，宁愿忍受狐狸在他肚子上啃咬，也不道出实情（因为他们对偷窃的羞耻感要远胜于我们对惩罚的恐惧）。还有一个人在祭祀时焚香，煤块掉进了他的袖子里，可他宁愿自己被烧穿骨头，也不愿打扰祭祀时的神圣氛围。还有许多人，为了遵循成长习俗，考验自己的男子汉气概，在七岁时就忍受鞭打至死而面不改色。西塞罗也曾看到有人在军队中用拳头、脚和牙齿搏斗,直到失去知觉,也不愿承认自己挨打。"习俗永远征服不了自然,因为它是不可战胜的;但我们却用阴暗的安逸、奢华、闲散、慵懒、怠惰腐蚀了我们的灵魂;我们用偏见和坏习惯使灵魂软弱了(引自西塞罗)。"

大家都知道斯凯沃拉的故事,他潜入敌军阵营刺杀敌军首领,差点就得手了。为了弥补自己的失败,解救自己的国家,他不仅向波森纳(他想刺杀的国王)坦白了自己的计划,还补充说,在他的阵营里有很多罗马人都是自己的同谋。为了显示自己的能耐,他找来一个火炉,眼睁睁看着自己的手臂被炙烤,忍受痛苦,直到敌人惊恐万分,下令把火炉拿走。又譬如,那个在被活生生剖开时都不愿意屈尊中断读书的人;以及那个坚持用自己的嘲弄和笑声来对抗施加在他身上的痛苦,以至于关押他的恼羞成怒的刽子手都承认他赢了,而他们发明的一个接一个的酷刑也都甘拜下风。

不过,这些都是哲学家。我们再来看看恺撒的角斗士。他们一边笑着,一边忍受着别人切开伤口探查。"哪怕是最普通的角斗士也从未因痛苦而呻吟或变化表情。你是否见过有哪个角斗士软弱地站着,或可耻地倒下?有哪个角斗士在被打倒并被命令去接受致命一击时,还能缩回脖子(引自西塞罗)?"

让我们来谈谈女人。在巴黎,有谁没听说过,有人为了换上新皮肤,会把自己的皮剥掉?有些人为了让自己的声音更柔和、更浑厚,或者为了让自己的牙齿排列得更整齐,不惜拔掉了健康的牙齿。在这一性别当中,有多少蔑视痛苦的例子!只要能让容貌得到一些提升,她们有什么不能做的,又有什么不敢做的?

> 她们甚至会将白发连根拔起,
> 　并剥掉皮肤,重塑新颜。
> 　　　　——提布鲁斯(《哀歌集》,第一卷)

我见过她们中的一些人为了获得苍白的肤色,

故意吞下沙子和灰烬，弄坏自己的胃。为了拥有西班牙式的苗条身材，天晓得她们忍受了怎样的折磨：系紧束腰，在身体两侧勒出深深的伤口，直到露出鲜血淋漓的皮肉——是的，她们有时还会因此而丧命。

在我们这个时代，许多国家的人都通过自残来证明自己说过的话是可信的；我们的国王说，他在波兰和人打交道时，就看到过这样的例子。我知道有一些人在法国模仿这种做法；此外，我还见过一个女孩，为了证明她承诺的热忱以及她的坚忍，用头发中藏着的发簪在自己的手臂上扎了四五下，刺破皮肤，鲜血直流。

土耳其人会为了博取情人的欢心而在身上留下巨大的疤痕；为了让疤痕保持下去，他们会立即用火长时间灼烧伤口，目的是止血和形成疤痕。见过这场面的人把此事记录下来，并向我发誓这是真的。此外，每天都会有一些土耳其人，仅为了十个硬币就在手臂或大腿上划出一道非常深的伤口。

我很高兴这些例子离我们更近，因为在我们需要时，基督教世界已经为我们提供了足够的实例。在我们圣洁的引领者（指耶稣）的榜样之后，有许多人出于虔诚的信仰，愿意背负十字架。据一位非常可信的见证者记载，圣路易国王曾穿戴苦修衣，直到晚年时他的忏悔神父才免除他这一苦行。而且，每逢星期五，他都会让神父用五条铁链鞭打他的肩膀，而他把这些铁链一直随身装在一个盒子里，专为此用。威廉是吉耶纳公爵领地的末代领主（即那位将公国传给法国和英国王室的埃莉诺的父亲）。威廉公爵在生命最后的十多年里，坚持身着教士服，还在下面穿着沉重的铁甲，以示忏悔。而安茹伯爵富尔克独自步行到耶路撒冷，脖子上套着绳索，在圣墓前让两位仆人鞭打自己。时至今日，每年的耶稣受难日，我们不也能在各地看见人们互相鞭打，直至皮开肉绽吗？这种事我已屡见不鲜。有人说，有些人戴着假面具，是为了钱才忍痛去捍卫别人的宗教信仰，替人赎罪；而他们对痛苦的蔑视之所以更加显著，是因为虔诚的信仰比贪婪更能激励他们。

10 好坏取决于我们的看法

马克西穆斯[1]平静地埋葬了他担任执政官的儿子；加图[2]失去了自己候任法务官的儿子；保卢斯在短短几天内痛失两个爱子。他们都显示出超凡的沉着，脸上看不出一丝的悲伤。我曾嘲讽过一位当今人物，说他愚弄了神圣的正义。他的三个儿子在同一天惨死，按常理说，这对他应该是沉重的打击，但他竟把这当成神赐。我自己也曾失去过两个还是三个嗷嗷待哺的孩子，我当时并非没有悲伤，但也并未因此而怨天尤人。然而，最痛苦的事情莫过于丧子之痛。其他使人痛苦的情况也不少。假如它们发生在我身上，我几乎不会有什么感觉；以往遇到所谓痛苦之事，我也漠然处之；而其他人碰到这类事情则会痛不欲生。我都不敢把我的感受讲给他们听，因为觉得难

---

[1] 古罗马共和国时期的著名政治家和军事将领。他以"拖延战术"而闻名，被称为"Cunctator"（意为"拖延者"），在第二次布匿战争中对抗迦太基名将汉尼拔时采用了避战消耗的策略。

[2] 此处指的是小加图。古罗马共和国时期的政治家、哲学家和道德家，以其坚守传统的罗马美德和共和理念而著称。

为情。"*由此能看出，痛苦不在于人的本性，而在于人的观念（引自西塞罗）。*"

观念是强大的对手，它无所顾忌、毫无节制。谁曾像亚历山大和恺撒那样闹得天下大乱，以如此强烈的渴望追求动荡与苦难而不是安宁与太平？特雷斯神父常说，他不打仗时总觉得自己就是个马夫。

当执政官卡托为确保西班牙几座城市的归顺而仅仅只是禁止那里的居民佩带武器时，很多人选择自杀了。"*这是一个骄傲的民族，他们认为没有武器就无法生存（引自李维）。*"我们知道有许多人离开宁静甜蜜的居所，远离亲朋，来到荒无人烟的沙漠；同样也有许多人自愿投身于卑贱的生活，沉溺于世人的蔑视中，却乐在其中，甚至刻意追求。博罗梅奥红衣主教最近在米兰逝世。他出身高贵，家财万贯，加上年纪还轻，正是可以花天酒地、纸醉金迷的时候，这也符合意大利的风气。可他却过着极为艰苦的生活，春夏秋冬都穿同一件袍子，夜宿草褥之上。履行工作职责之外的所有时间都用来学习，腰杆笔直地跪在地上，书旁放着一点儿水和面包，这就是他所有的食物。我还知道，有人因为从中获得好处和晋升，而甘愿接受"被戴绿帽子"的羞辱。而对于大多数人来说，仅仅这个词就足以让他们闻之色变。

就算眼睛不是我们器官中最必需的，至少也是令人愉悦的。不过最有用、最令人愉悦的器官似乎是那些与生育相关的部分。然而，许多人却对这些器官怀有深深的憎恶，仅仅因为它们过于惹人喜爱，并且因为我们对它们的重视和珍视而拒绝它们。这就像那个把自己眼睛弄瞎的德谟克利特[1]对待自己眼睛的看法一样。

大多数人认为有许多子女是一种巨大的幸福；

---

1 古希腊著名的哲学家、科学家和原子论的奠基人之一。他是伊壁鸠鲁之前的原子论哲学家，提出了宇宙由"原子"（不可分割的微小粒子）和虚空构成的理论。历史学家普遍认为，这个故事可能是虚构的，因为没有直接的证据表明德谟克利特真的弄瞎了自己的眼睛。古代传说中经常以极端的行为来表现哲学家的专注和智慧，这可能是一种艺术化的夸张。

而我和一些其他人则认为没有子女也是一种幸运。当有人问泰勒斯[1]为什么不结婚时,他回答说,他不想留下任何后代。

我们对事物的评判取决于我们的观点,这在很多事情上都有体现。要做出评价,不仅要考虑事情本身,还要考虑我们自己;不关心它的质量和用途,转而关心我们为了获得它所付出的代价,我们仿佛认为,这些代价成了它们本质的一部分,继而不再以事物本身衡量价值,而是把我们赋予事物的东西称作价值。基于这一点,我发现人人都是理财能手。我们的支出总是与我们付出的努力相匹配。钻石是否可贵,取决于买卖的价格;美德的价值取决于它的稀有度;虔诚的价值取决于为之所付出的痛苦;而良药的价值来源于它的苦涩。

有人为了追求贫穷,把所有财宝扔进大海;而

---

[1] 古希腊早期哲学家之一,被认为是西方哲学的奠基人之一,同时也是"米利都学派"的创始人。他是古希腊"七贤"之一,以其在哲学、数学、天文学等领域的研究而闻名。

很多人为了发财,在同一片海上捞金。伊壁鸠鲁说,富裕并不代表快乐,而是不断变换生财之道的借口,让人吝啬的不是贫穷,而是富裕本身。关于这点,我想谈谈个人体会。

成人后,我经历过三种生活状态。第一种状态历时十年,主要靠别人的借贷和救济生活,不过这种收入很不稳定,全凭偶然。那时,我的花费完全取决于偶然因素,因而觉得无忧无虑。我从未那样舒适惬意过,朋友们的钱袋都为我敞开!我严格地定下日期,规定自己把按期还债当作头等大事。朋友们看到我这么努力,便一再延长债期。在他们眼中,我这人勤俭节约,诚实可靠,从不骗人。我由衷感受到了还债的乐趣,还债就像卸下烦人的重负,摘掉某种奴隶的标识。我同时也感到,正确的行为和取悦他人会带来一种自我满足,不过那些涉及需要讨价还价的还债不在此列。因为如果找不到能替我出面处理这种麻烦的人,那我宁可厚着脸皮去请求延期,也不会去讨价还价,我的性格和说话方式都不适合这样做。这是我最厌恶的事。这纯粹是一种弄虚作假、厚颜无耻的生意经——双方经过一个钟头的你来我往，就为了五苏（法国古代货币）的利益而违背了自己的诺言。因此我过去常常以不划算的条件借款，因为我不好意思当面开口，总是写在纸上去碰运气。纸张实在是个糟糕的代言人，反而会助长被拒绝的可能性。我宁愿将我的需求交给上天来安排，也比我自己用远见和理智来处理自由坦然得多。

大多数理财者都认为，这种不确定的生活十分危险。首先，他们不了解，我们大多数人都是这样生活的。无论过去和现在，多少老实人放弃手中的确定之物，去向君王或机遇寻找毫不确定的恩宠！恺撒为了成为恺撒，不仅倾家荡产，而且举债百万。还有许多商人变卖地产，冒险将钱财都一股脑地投入到与印度的贸易往来中去。

穿越无数汹涌的波涛，驶向印度去。

——卡图卢斯（《诗集》，第四首）

当下虔诚的信教者寥若晨星,却还有成千上万个修道院,他们每日依靠着上天的恩赐来维持生计,等待晚餐上桌。

他们不知,他们赖以为基础的确定之物,也和偶然之物一样不确定,伴随着风险。尽管我享受着两千埃居的年金,我仍能清楚地看到近在咫尺的贫困。因为巨富和赤贫中间往往没有中间地带,命运会穿过我们的财富,为贫困打开无数的缺口。

财富如玻璃一般,闪闪发光的时候,

也正是它迎来碎裂的瞬间。

——普布里乌斯·西鲁斯

(《政治学》,第五卷)

命运会推倒我们所有的城墙和堤坝,因此,我认为由于种种原因,贫困不仅关乎穷人,也会在富人家安营扎寨。或许当贫困独存时,要比与财富共存时更令人舒适些。财富,与其说来自收入,不如说全凭井井有条地管理。"人人都是自己财富的创造者（引自撒路斯提乌斯）。"依我看，一个忙忙碌碌的富人，要比单纯的穷人更可怜。"在富裕中感受到贫穷，才是最痛苦的贫穷（引自塞涅卡）。"

最强大、最富有的君王，往往会因为匮乏和贫困产生极端的需求。还有比暴君非法侵吞臣民财产更过分的事情吗？

我经历的第二种状况是有钱。在开始拥有财富之初，我紧抓着金钱不放，于是很快就有了可观的积蓄。我认为，超出日常开销的部分才可以算作是真正的财富，而那些仍属于预期中的收入，即使再确定，也不能完全信赖。我常想，万一有天发生意外呢？在这种缥缈古怪的想法驱使下，我努力通过这些额外的储蓄为所有可能的不测做好准备。即使有人向我指出，生活中的不测防不胜防。我也会振振有辞地说，即使不能防备全部不测，也足够应付一些了。然而，这种想法并非毫无代价，它伴随着令人痛苦的忧虑。比如，我得保守秘密。我这人敢于谈论我自己，但谈到钱时从不说真话,就像其他人有钱时哭穷,没钱时装富,也不怕良心不安,从不真诚地公开自己的财产。如此小心翼翼,真是可笑可耻。当我外出时,总觉得自己计划不够周密,钱带得越多,烦恼也越多,时而担心路上不安全,时而害怕脚夫不可靠。我跟朋友们一样,行李放在眼皮底下才放心。把钱箱留在家里吧,又会疑神疑鬼,烦恼重重;更糟糕的是,这些想法又不能说给人听。我人在旅途,却心系家中的钱箱。说到底,赚钱容易守财难。即使我没有完全陷入这种状态,至少我也要付出很大的努力来避免这种情况。

至于这财富所带来的好处,就算不是一无是处,也是少得可怜,因为随着财富的增加,我的开销也变大了,而这样的改变并没有让我感到更轻松。正如比翁所说,一个秃子和一个满头秀发的人在被拔掉头发时感受的痛苦是一样的。一旦习惯了金钱,把你的幻想寄托在金山银海,金钱就不再为你服务,你也不敢再花一分钱了。就好比一栋房子,掉了一砖就觉得可能会坍塌,不到万不得已,你决不会轻易碰它。而在此危急时刻到来之前,我宁愿典当我的衣服,甚至卖掉一匹马,也不愿轻易动用那珍爱的储蓄。可问题在于,我很难跟存钱的欲望划清界限(我们总是很难在那些被认为是好事的事情中,找到明确的界限)。可悲的是,我们不断积累财富,放着它们不去享受,而是严加看管,吝啬至极。按照这种方式,看守城墙的守卫才是最大的富豪。依我看,富人都是精打细算、斤斤计较的吝啬鬼。

柏拉图将世俗的财富分成健康、美貌、力量和金钱四类,他认为只要不盲目敛财聚富,人就能看清一切。

这一点,小狄奥尼西奥斯做得就很好。听人说一个叙拉古人在地下埋了一笔财宝,小狄奥尼西奥斯便让那人把财宝上交给他。叙拉古人只能照做,但自己偷偷留了一部分,并逃到了另一个城市。在那里,他放弃了攒钱的癖好,开始大手大脚地花钱。小狄奥尼西奥斯得知,便派人把他上交的一半财宝还给他,并告诉他,既然你已学会怎么花钱,我就乐意物归原主。

有那么几年,我也是如此。也不知是哪位善良的天使让我摆脱了守财奴的想法。我就像那个叙拉古人一样,打算把积蓄统统花光。这个念头归功于一次奢侈的旅行,它让我尝到了花钱的乐趣。从此,我进入了第三种生活状态(我说的都是我自己的感受)。这种生活显然更快乐,更有规律;我量入为出,有时多花一些,有时多赚一些,但很少收支脱节。我过一天是一天,维持着日常的需求;至于那些非日常的需求,是世界上任何储备也满足不了的。

指望财富为我们提供弹药来与它自己抗争,那是痴心妄想。我们要自备武器同它抗争,生活中的不测,最终会向命运出卖我们。我存钱只为了买到某样东西——不是地产,那于我毫无用处,我是想买到快乐。"不贪买,便是财富;不购买,便是赚钱(引自西塞罗)。"我不怕财富减少,也不想财富再增加。"富裕是财富的产物,满足是富裕的标记(引自西塞罗)。"我尤其感到庆幸的是，自己到了该吝啬的岁数却能改邪归正；摆脱了这种老年人的通病，也就摆脱了人类最可笑的顽疾。

费劳拉斯[1]经历过两种命运，他觉得财富的增加并没有激发吃喝、睡觉和与妻子亲密的欲望，而且还觉得管理钱财像一个讨厌的任务沉重地压在肩头，跟我的亲身体会差不多。因此，他决定让一位对他忠心耿耿并且渴望发财的穷朋友开心，把自己用之不尽的财富全部送给这个青年，包括他慷慨的主子居鲁士给他的财产、在战争中积累的财富，但要求这位青年像款待宾朋那样供养他，管他吃住。他们从此过得很幸福，都对双方互换身份这件事非常满意。这等美事，我真想效仿啊！

我要极力赞扬一位老主教的大胆举动。他把金

---

[1] 费劳拉斯是古希腊历史学家色诺芬在其作品《居鲁士的教育》（又译《居鲁士的养成》）中虚构的人物。他是这部哲学性历史小说中的一个角色，通过他的故事和行为，色诺芬探讨了财富、幸福和人类需求之间的关系。

库、收入和投资交给他选定的仆人和其他几个人照看。多年来，他就像个外人，对自己的财务状况一无所知。他觉得，相信他人正直，就代表自己的正直，上帝一定会褒奖他。我发现没有哪家的财务状况比他家管理得更好。一个人能如此合理地安排财产，仅仅满足个人的需要，无须操心，不必费神，也不会因为分配、打理财产而中断更重要的事务，而且，他能做到心安理得、随心所欲，真是一桩赏心乐事。

因此，贫与富，完全取决于个人的看法；财富、荣誉和健康的美好与愉悦，都是拥有者所赋予它们的意义。每个人处境的好坏全凭我们自己的感受。对自己满意的人才会高兴，而不取决于别人是否觉得你幸福。正因如此，信念赋予了事物现实性与真实性。

财富对我们既无好处，亦无坏处——它只给我们提供土壤和种子，而我们的心灵比它更强大：心灵幸福或不幸的唯一主宰和来源，就是能否随心所欲地处置财富。

物体外部附加的气味和颜色，来自其内部构造。就像衣服可以暖身，但热量并不来自衣服，而来自我们本身；衣服是用来维持热量、增加温度的。如果把衣服盖在冰冷的物体上，也同样能维持寒冷，雪和冰就是这样保存的。

苦读之于懒汉，就像戒酒之于酒鬼，都是一种折磨。同样，俭朴对纵欲者是酷刑，锻炼对于体弱多病者和闲人就是体罚。其他事物也是一样。事物本身并非痛苦，也非艰难，痛苦和艰难是人类的脆弱无能导致的。我们要判断一样事物是否高尚伟大，首先要具有高尚伟大的心灵，否则就会把自己的缺点扭曲成事物的缺点。一把笔直的船桨，在水里看上去是弯的。重要的是，人不仅要看事物，还要有看待事物的方法。

上述内容从不同角度试图劝诫人们蔑视死亡、忍受痛苦。那么我们何不从中寻找一条适合自己的道路呢？我们有过许多奇思妙想，劝人不要惧怕死亡、痛苦，为何不依照自己的脾性，择其一而用于自身呢？如果无法忍受根治病痛的烈药，我们至少可以用镇静剂减轻痛苦。"一种懦弱、毫无价值的偏见控制着我们对待苦与乐的态度。人精神疲软时，被蜜蜂轻蜇一下都会大喊大叫。关键在于自制力（引自西塞罗）。"

至于其他方面，我们并不能通过过分强调痛苦的剧烈和人类的脆弱来逃避哲学的探讨。因为这样做只会迫使哲学退回到那些无可辩驳的回答上：

如果生活在匮乏中是痛苦的，那么至少没有必要非得生活在匮乏中。

没有人会长期受苦，除非是他自己的过错。

对于那些既怕死又不好好活着，既不抵抗又不逃避的人，我们还能怎么办呢？

11 我们为何为同一件事哭泣和欢笑[1]

我们在历史书中读到,安提柯[2]因他的儿子将敌人皮洛士国王的头颅献给他而感到愤怒,当时皮洛士刚刚在与他的战斗中阵亡。安提柯见到敌人的头颅后,竟然痛哭流涕。同样,洛林公爵勒内[3]在击败勃艮第公爵查理[4]后,也为他的死感到悲痛,并在他的葬礼上穿戴丧服。在欧赖战役中,蒙福尔伯爵[5]战胜了他的对手布列塔尼公爵夏尔·德·布卢瓦[6],可当他看到死去敌人的尸体时,也表现出了极大的悲伤。然而,当我们读到这些事件时,不应立

---

1 原文为第一卷第三十八章。
2 此处应该指的是安提柯二世·贡纳塔。
3 此处应该指的是勒内二世。
4 勃艮第公国最后一位独立的统治者。人称"大胆的查理"。
5 法国贵族,布列塔尼继承战争中蒙福尔派的领导者。
6 法国贵族,布列塔尼继承战争中布卢瓦派的领导者。

刻就这样断言:

> 灵魂常以相反的面貌掩饰自身的情感,
> 或以明朗的神色,
> 或以阴郁的神情。
>
> ——彼特拉克
>
> (《歌集》,第八十一首十四行诗)

据历史记载,当人们把庞培的头颅呈现给恺撒时,恺撒将目光移走,避开了这丑陋而令人不快的画面。他与庞培在处理公共事务中有着长期的合作关系,同舟共济、互相帮助,建立了紧密的联盟。因此,我们不应认为恺撒的表情一定是虚伪的,尽管有些人可能会这样想。

> 现在,他可以安心扮演慈爱岳父了,
> 流下虚伪的眼泪,
> 从充满喜悦的胸膛中挤出叹息和呻吟。

——卢坎（《法萨利亚》，第九卷）

确实，我们的许多行为只是一种面具和伪装：

继承人的泪水不过是隐藏笑容的面具。

——普布利乌斯·西鲁斯

（引自盖利乌斯，《阿提卡夜谈》，第十七卷）

然而，在评判这些偶发事件时，我们必须考虑到灵魂是如何常常被多种情感所激荡的。正如人们所说的那样，我们的身体中有多种不同的体液，而其中占主导地位的体液决定了我们的性格；同样，在我们的灵魂中，尽管存在各种搅动的情感，但其中必有一种占据主导地位。然而，这种主导地位并非绝对，因为灵魂多变且灵活，有时较弱的情感会重新占据上风，并短暂地发起冲击。因此，我们会看到孩子们在同一件事情上又哭又笑，这完全是自然的表现。此外，无论我们有多么渴望一段旅途，但在离开家人和

11 我们为何为同一件事哭泣和欢笑

朋友时,我们的内心仍会感到一阵颤动。即使没有真正流泪,脸上至少也会带着悲伤和忧愁。而无论那些高贵的新娘心中燃烧着多么温柔的爱情火焰,她们仍然需要被人强行从母亲的怀抱中拉开,去迎接她们的丈夫。尽管这位幽默的诗人如此写道:

> 难道新婚的少女真的憎恶爱神维纳斯?
> 还是他们用假装的哭泣令父母的喜悦落空?
> 迈入婚房时她们是否还泪如雨下?
> 不,神明作证,她们流的不是真泪,
> 而是得了维纳斯的帮助!
>
> ——卡图卢斯

因此,即使我们并不希望一个人活,但为他的死感到悲痛也不奇怪。

当我责骂我的仆人时,我是在真情实感地责骂他,毫不掩饰。但当怒气消散后,如果他需要我的帮助,我依然很乐意为他提供服务。我会立刻翻过这一页。当我骂他"傻瓜"或"蠢牛"时,我不是要永远给他贴上这些标签;而我随后称他为"诚实的人"时,也并不意味着我自相矛盾。没有一种品质能永恒地定义我们。如果不是因为自言自语的时候像个疯子,我可能每天都会责骂自己蠢货。然而,我也不打算用这个词来定义自己。

如果有人看到我对我的妻子时而冷淡,时而充满爱意,就以为有其中一种或两种表现是虚伪的,那他就是傻瓜。尼禄[1]打算将他的母亲溺死,但他在送别时仍然感受到了母子离别的情绪波动,心生恐惧和怜悯。

据说太阳的光芒并不是连绵不断的,而是持续向我们发射新的光线,密集到我们无法察觉到它们的间隙:

> 以太之阳,这强大的光源,

---

[1] 罗马帝国第五位皇帝,是历史上有名的暴君。

不断地以新的光辉充盈天空,

并且不懈地用光明滋养光明。

——卢克莱修(《物性论》,第五卷)

我们的灵魂也是如此,它以不同的方式,不为人察觉地接连发射出它的情感和想法。

阿尔达班[1]曾突然撞见他的侄子薛西斯[2],责备他为何脸色突然变化。当时,薛西斯正在脑海中想象他为进攻希腊而在赫勒斯滂海峡集结的庞大军队。起初,他因看到有如此多的士兵为他效力,喜形于色。然而,就在同一时刻,他的思绪突然转向了生命的短暂——一想到这一切在最迟一个世纪内都会消逝,他便皱起了眉头,甚至流下了悲伤的眼泪。

我们或许曾以坚定的意志去寻求对某种侮辱的

---

[1] 薛西斯一世的大臣,作为波斯宫廷中的重要顾问,常以谨慎和智慧著称。后发动政变杀死了薛西斯一世。

[2] 指薛西斯一世,是波斯阿契美尼德王朝的一位著名国王,以其远征希腊而闻名。

报复，并在成功复仇时感到极大的满足，但我们随后也会因此流下眼泪。事情本身并没有改变，我们也并不是为胜利而哭泣，而是我们的灵魂换了一个角度看待这件事情。每一件事都有不同面貌和不同的视角。

亲情、旧识和友谊会在某一刻占据我们的想象，使我们一时动情，但这种情感的转变如此迅速，以至于我们几乎无法察觉。

> 没有什么事物能比思想更迅捷，
> 它一旦决定了一件事，就立刻开始行动。
> 思想的运转比我们所能看到的任何事物，
> 或通过感官所能感知的一切，都要迅速得多。
> ——卢克莱修（《物性论》，第三卷）

因此，当我们试图将这些情感和行为连贯地组合成一个整体时,我们往往会犯错。当提摩利昂[1]为他经过深思熟虑后犯下的杀戮哭泣时,他并不是为解放了自己的祖国而哭泣,也不是为推翻了暴君而哭泣,而是在为他的兄弟哭泣。他已经完成了自己职责的一部分,让我们允许他也完成另一部分情感的义务吧。

(孙潇潇 译)

---

[1] 古希腊历史上一位著名的政治家和将军,他以其在西西里岛的军事成就和政治改革而闻名。

12 **论书籍**[1]

我毫不怀疑,自己总是在谈论的一些话题,早就被那些真正精通此道的大师们处理得更好,也更加准确。所以,写这些随笔只是我的天性使然,而非出于追求学问、后天习得的成果展示。如果你觉得我是瞎说,我也满不在乎。我不愿为我的写作而对别人负责,我甚至都不想对自己负责,就连我自己也不见得对所有观点满意。至于想要学到些知识的人,那就请去知识所在之处漫漫求索吧。我不以此为职业,在这里表达的内容都是些个人见解,我不打算让人们依此来认识事物,这只是我的自我剖析。或许有一天,我会真正认识这些事物,又或者我与真理早有一面之缘,有幸接触其真身,但现在,我一丁点儿也记

---

1 原文为第二卷第十章。

不起来了。

即便我勉强算个有学识的人,但记性也不好。因而,除了告诉人们我此时此刻的想法,我什么也不敢保证。大家不必太关注我写作的内容,而应该重视我写作的方法。

你们应该去观察我在哪里有所借鉴,比如我的援引是否得当,能否说明我的意图。有时碍于词穷,有时由于思维转不过弯,我无法准确表达自己的想法,只能援引他人的话。我的引用不胜在数量,而胜在质量。如果一定要用数字来衡量其价值,我的引用可能得再多两倍。除了数量少,我所引用的作者都是大名鼎鼎的古代名家,无须我再介绍。由于要把别人的推理、比较、论述运用在自己的文章里,与我的观点与论证相糅合,我有时会故意隐去原作者的姓名,为的是让那些动辄攻击别人的批评家保持敬畏,不要太过鲁莽。这些人见到文章就骂,尤其喜欢针对那些尚在人间的年轻作家。他们用粗鄙的言辞招徕非议,又用粗俗的论调为自己辩驳。这样一来,他们对我的批评，实则是在否定塞涅卡，或者将嘲讽普鲁塔克。我将自己的弱点悄悄隐匿于巨人身后。我赞赏那些批评得当之人，他们能以敏锐的洞察力单凭内容上的强度和美感，来剥去我的伪装。由于记性差，我总是无法弄清每句话的出处并加以归类。但我也有自知之明，我贫瘠的土壤无法培育出我在伟人那里找到的饱满绚丽的智识之花，我种出的一切果实也远比不上他们甜美的智慧之果。

如若我词不达意、虚妄做作却浑然不知，甚至经人点拨后仍毫无察觉，我愿背负全责。因为，许多错误能瞒过我们的眼睛，但经人指出仍未正视，这便是我们判断力出问题了。学识和真理，可以不必同判断力一道在我们身上并存；同样，拥有判断力的人，也不一定具备学识，掌握真理。甚至，据我所知，承认无知是知晓一个人是否拥有判断力的最可靠证明。我的行文随兴所至，毫无章法，各种奇思妙想涌入脑海，有时蜂拥而至，有时井然有序，挨个儿冒出来。我希望人们看到我最自然真实的一面，哪怕文字变幻莫测。我脑子冒出什么，便记下什么；这些话题也并非那些人们无法容忍无知，或者禁止随意大胆讨论的内容。

我当然愿意自己能透彻了解事物，但我付不起如此高昂的代价。我情愿轻松度过余生，不必太辛劳。即使学习是一件无上荣耀之事，也没什么值得我绞尽脑汁。我阅读，只是为了取悦自己；我学习，不是为了研究，只是为了接受知识的教诲，学习如何享受人生，如何安然离去。

我的马，必须朝着既定目标奔跑。

——普罗佩提乌斯（《情诗》，第四卷）

即使在阅读中遇到困难，我也不会啃着指甲琢磨。一两次思索后寻不到答案，也就随它去。如果执着于那些想不通的观点，既浪费时间，又耗费精力。我向来不太有耐性，第一次想不通，如果再继续强求，第二次便更加糊涂。我做任何事情都得带着愉悦的情绪，深究细凿、苦心孤诣反而会干扰我的判断，进而使我感到沮丧和疲惫。我也会因此而视线模糊，眼神涣散。我需要时而放下，时而再重新拾起。就像我们听到的关于分辨红布颜色的建议那样，不要一直紧紧盯着，要将目光移开，并通过多次且突然的扫视来观察。

如果一本书我读得不满意，我就换一本，等到百无聊赖时再回来翻几页。我对当代文学不怎么上心，自觉古代文学更成熟，更有说服力。我也不读希腊人的作品，因为我对希腊文一知半解，也就无从判断解读。

在当代仅供消遣娱乐的书籍中，薄伽丘的《十日谈》、拉伯雷的大作、约翰内斯·塞康杜斯[1]的《吻》（若也能算作此类的话）都很值得玩味。至于《高卢

---

1 文艺复兴时期的一位荷兰诗人和人文主义学者。他以拉丁文创作，深受古典文学的影响，被认为是新拉丁诗歌的重要代表之一。他的诗歌以优美的语言、抒情的风格和对爱情的描绘而闻名。

的阿玛迪斯》[1]及其他作品,我从小就没什么兴趣。此外,我还要冒昧地说,我这沧桑沉重的灵魂,已不再满足于阿里奥斯托[2]的文章,不再崇拜奥维德的文笔与思索。奥维德曾一度令我着迷,如今却很难让我驻足。

即便超出我的能力和涉猎范围,对于万事万物的看法,我也总能畅所欲言,自由倾吐。因此,我的论断不是针对事物本身,而是源自自己的见解。我发现自己对柏拉图的《阿克西俄科斯》感到厌烦。前人对其尊崇备至,可见我的评价也不一定准确——公然冒犯前人定论未免太过愚蠢,不如低声附和,以求心安理得。在这种情况下,我只会谴责自己太过肤

---

1 《高卢的阿玛迪斯》是一部中世纪骑士文学的经典之作,是西班牙骑士小说的代表作品之一。这部小说以其浪漫的情节和骑士精神而闻名,对后来欧洲的骑士文学产生了深远的影响。最早的版本可以追溯到14世纪,但其作者尚不确定。最广为人知的版本是由加西亚·蒙塔尔沃在1508年编辑并出版的。
2 意大利文艺复兴时期最重要的诗人之一,以其史诗般的骑士文学作品《疯狂的罗兰》而闻名。他是文艺复兴时期意大利文学的代表人物之一,对欧洲文学产生了深远的影响。

浅，窥不到作品的核心奥义，或是根本没有找到正确的角度。只要能试图避免困惑即可，至于自己的不足之处，我愿意承认，并能坦然接受。我的判断自认为对表象给出了合理的解释，但这些表象的阐释是在我理解能力基础上所呈现的，而我的理解能力是有限又片面的。《伊索寓言》中的大多数故事都包含不同层次的理解和寓意，那些试图解读它们的人，通常只会选择一个与寓言表面相符的解释，但大多数情况下，这只是最初的、表层的理解；还有其他更深刻、更本质的含义，他们却无法触及。我对事物的处理方式也是如此。

回到我想探讨的主题，我一直觉得在诗歌上，维吉尔、卢克莱修、卡图卢斯和贺拉斯这四位的水平远在众人之上。我把维吉尔的《农事诗》看作诗歌造诣的巅峰。相比之下，《埃涅阿斯纪》[1]则有许多地方

---

[1] 《埃涅阿斯纪》是古罗马诗人维吉尔的代表作。这是一部以史诗形式创作的叙事诗，被誉为罗马文学的巅峰之作，同时也是罗马文化的重要象征之一。

有待进一步润色,《埃涅阿斯纪》第五卷在我看米是最完美的。我也很喜欢卢坎,对他的作品爱不释手,比起他的文风,我更爱他的思考和他逻辑严密的观点。至于优秀的泰伦斯,他的语言优雅动人,拉丁文也充满魅力,我认为他在生动表现人类情感和社会风俗方面亦是无与伦比的。我们的日常行为总是让我联想起他。他的作品我百读不厌,每次都能发现新的优雅与魅力。一些和维吉尔生活在同一时代的人,抱怨不该把维吉尔和卢克莱修相提并论。这我同意,这种比较确实有失公平。当然,当我读到卢克莱修某些精彩段落时,也会对此观点有些许动摇。不过,如果他们对这样的比较都如此愤怒,那又将如何看待当今那些愚蠢无知之人将维吉尔和阿里奥斯托所做的比较呢?难道阿里奥斯托本人不会就此说些什么吗?

啊!这个愚昧无知又索然无味的时代。
——卡图卢斯(第四十三首)

我认为，与其说古人对卢克莱修与维吉尔的比较愤愤不平，不如说将普劳图斯[1]与泰伦斯相提并论更令人愤怒，尽管其实这种比较反而更加实际一些。泰伦斯的评价和优越地位，很大程度上得益于罗马雄辩之父西塞罗的频繁引用——他在同类作家中唯独只提他一人，而罗马诗人、法官贺拉斯也对他的挚友大加赞扬，这些都促使泰伦斯声名远扬。我察觉到，当下很多尝试创作喜剧的人（比如意大利人，他们在这方面得心应手），从普劳图斯或泰伦斯的作品里摘取三四个情节就组成他们自己的故事，或者在一部剧本里塞进五六个薄伽丘的故事。这些人的剧本里充斥着别人的故事，说明他们对自己的剧本没有信心，担心仅凭自己的能力支撑不起整个故事，所以必须依靠一些别的东西。他们已经才思枯竭，再搜刮不出什么来取悦看官。泰伦斯则截然不同，他的文风实在优雅，让人根本不在意故事情节，心中充溢着

---

[1] 古罗马最著名的喜剧作家之一，被认为是罗马戏剧的奠基人之一。

他华丽的语言,那是从头至尾,彻彻底底的华美。

清澈见底,犹如那纯净河流。
　　　　　　　　——贺拉斯(《书信集》,第二卷)

我们整个心灵如此陶醉于他的语言之美,竟忘了故事本身也很不错。

这样一想,我的思维飘得更远了:我发现最杰出的古代诗人从不矫揉造作,非但没有西班牙式和彼得拉克式那般浮夸,亦没有后世诗歌中那些更为柔和和克制的修辞技巧。有判断力的评论家,从不会因古人缺乏修辞而进行任何指摘,往往更青睐卡图卢斯那些清雅自然、隽永秀丽的短诗,而不是马提亚尔,每首诗都以辛辣讽刺结尾。也是基于上述缘由,马提亚尔这样评价自己:

不必劳神苦思,故事已代替了才情。
　　　　　　　　——马提亚尔(《讽刺诗》,第八卷)

那些最优秀的作品，不动声色也不故弄玄虚，便能写出感人作品；不必绞尽脑汁，便能将笑料信手拈来。而其他作品则需要外力添枝加叶，才情越少越需要情节支撑，无法依靠自己的双腿站立，甚至需要爬到马背上去。他们就像那些跳舞时需要做出高难度动作来吸引注意力的普通人，而不是那些通过自然优雅的姿态展现风度的贵族。我也见过一些出色的滑稽演员，即便衣着朴素，妆容平淡，也能用他们高超的艺术水平给我们带来极大的欢乐。初出茅庐的新手达不到这种完美的境界，往往需要涂脂抹粉，身着奇装异服，扮鬼脸来取悦我们。对于我所提出的观点，在《埃涅阿斯纪》与《愤怒的奥兰多》[1]的比较中，便能得到证实。《埃涅阿斯纪》展翅翱翔，坚毅从容，只奔一个目标飞去；而《愤怒的奥兰多》就好像小鸟从一个枝头飞到另一个枝头，因为翅膀承受

---

[1] 意大利诗人卢多维科·阿里奥斯托的代表作，被誉为文艺复兴时期骑士文学的巅峰之作，与但丁的《神曲》、薄伽丘的《十日谈》齐名。

不了长途飞行，唯恐乏力，喘不过气来，所以飞上一段便要休息。

> 他只敢尝试短暂的飞行。
>
> ——维吉尔（《农事诗》，第四卷）

在这类题材中，以上几位都是我很满意的作家。

至于我钟爱的另一类题材，内容有益，不乏趣味，我还能从中学会如何理解自己的情绪，调整我的性格。自从普鲁塔克的作品被译为法语后，我从中受益良多。塞涅卡的作品也很合我的胃口，让我受益匪浅。我在他们的书中追求的知识，都以小节议论的形式呈现，比如普鲁塔克的《短文集》和塞涅卡的《道德书简》，无须我费尽心力去读极长的篇章（我无法为此花费太长时间）。《道德书简》是塞涅卡文笔的巅峰，也是他最有益读者的作品——每篇独立成章，互不关联，所以我不必时时端坐阅读，偶尔翻看，也能乐在其中。

这两位拥有颇为相似的处世哲学，命运也有许多共同之处——生活在同一个世纪，都做过罗马帝师，都曾游历诸国，也都出身富贵，并成就一番事业。他们的学说简明、纯粹，却融入了哲学的精华。普鲁塔克稳定沉着，塞涅卡则多变灵动。塞涅卡在作品中致力于提升人类的道德，帮我们摆脱懦弱、畏惧及不良嗜好；普鲁塔克则无视人性的缺点，不想劳心费神加以防范。普鲁塔克效法柏拉图学说，温和、自然、适应社会。塞涅卡则偏爱斯多葛学派和伊壁鸠鲁的思想，表面上与"普世价值"和生活脱节，但依我看，却是更要求人有修养和坚定的生活态度。塞涅卡表面上屈从于当朝皇帝的暴政，但也仅仅停留于表面，我敢肯定，他在谴责行刺恺撒的壮士时，是迫于压力而昧着良心做的；普鲁塔克则一生坦荡，无拘无束。塞涅卡的文章冷嘲热讽，充满辛辣；普鲁塔克则言之有物，让人心旷神怡。塞涅卡为你开路，普鲁塔克给你指引。

　　西塞罗的伦理哲学尤其使我受益。但坦白而言

（既然已经越过冒犯之界，我也就有话直说了），他的写作方式千篇一律，枯燥乏味。由于序言、定义、分类和语源占据了文章的绝大部分，仅有的生动活泼的精华早被扼死在冗长的前奏中。当我花了一个钟头（时间已经够长了）去读他的作品，等到要总结心得时，头脑却一片空白，因为他根本没有围绕我关心的话题进行切题的讨论。通过阅读，我只想让自己更加明智，而非博学雄辩，所以对逻辑学和亚里士多德哲学的引用对我毫无用处。我想要作者一下亮出观点，因为我听够了何谓生死和享乐，不需要他们再一一赘述。我需要他们提供有力的论据，指引我站稳脚跟，这是巧妙语法与华丽辞藻所无法企及的。我想要开门见山直奔主题，而西塞罗铺垫太多，令人厌烦。他的文章适合讲课、诉讼和说教，那些场合足够让我打盹了，或许一刻钟后醒来，还能不落下话头。对无论对错都要努力说服的法官，对必须讲得透彻才能理解的儿童和普罗大众，你才要这样说话。但我不需要作者拼命吸引我的注意力，像一个传令官似的，呐喊几十次："嘿，你听着！"罗马人在祭典上常以"注意了"开头，就像我们在仪式中要喊"打起精神！"。对我来说，"注意了"完全就是一句废话，因为我既然来了，自然有所准备，不用你再吆喝；哪怕是生肉也合我胃口；这些虚伪的矫饰，非但不能使我食指大动，反而败坏了我的胃口。

至于柏拉图的对话，我是否能因时代的宽容而免于因这种亵渎的大胆言论受到指责？我认为他作品中的对话体风格冗长乏味，未能完全彰显他的思想。他本来可以谈论更加有益的事物，却在不着边际的长篇大论上浪费笔墨，这令我扼腕叹息。我的无知或许能更好地为我辩护，因为我无法欣赏他语言的美妙。相比之下，塞涅卡、普鲁塔克以及老普林尼和他们的同类作品，都是没用"注意了"来开头的好作品。他们假定读者已经准备好接受他们的观点，就算偶有几个"注意了"，也算是言之有物。我也爱读西塞罗的《致阿提库斯的信》，因为其中不仅丰富地记述了他那个时代的历史轶事，也展现了他本人的幽默个性。因为，正如我在其他文章中所述，我素来对作家的灵魂和本性充满好奇。通过他们传世的著作，我们或许可以对他们的事迹有所了解，但对于作家本身，我们很难洞悉其生活与为人。我何止千百次地遗憾，布鲁图斯论述美德的作品竟然不幸失传，此书记述了一位最伟大的行动家的主张，而从他那儿学到的理论，该是多么有趣啊！但说教与说教者是两码事，我既愿意读普鲁塔克笔下的布鲁图斯，亦喜爱读布鲁图斯本人的作品。我愿知道布鲁图斯在阵前对军队的慷慨陈词，更想听听他在战前夜晚的营帐中与知心朋友的阔论。相比他在论坛及议院中发表的演讲，我更想一窥他在书房及卧室的日常。

至于西塞罗，我和大家的看法一致：尽管他学识渊博，但心灵并不高尚。他是一位好公民，一个大腹便便的普通男人；他看似平易近人，但说实话，本质上却爱慕虚荣、野心勃勃。他竟敢将自己拙劣的诗作公之于众，这我无论如何也不能原谅。诗写得差，并非他的错，但看不清拙劣的诗无法为自己增光添彩,那就大错特错了。不过我必须承认,他的雄辩之才举世无双,我相信后世也无人能与之匹敌。

小西塞罗可能仅仅继承了他父亲的名字而已。他在年轻时曾统率亚细亚军队。一天,他发现饭桌上来了几位不速之客,其中一位叫塞斯提乌斯,坐在了下席(那个时候大户人家设宴,常有人混入宴席坐在那个位置)。小西塞罗问仆人此人是谁,仆人如实回答,但他心不在焉,左耳进、右耳出,又问了三四遍。仆人反复回答后,终于忍不住特地提醒小西塞罗:"这是您知道的塞斯提乌斯,他觉得令尊的辩才在他面前不值一提。"听了这话,小西塞罗勃然大怒,下令逮捕可怜的塞斯提乌斯,当众鞭打了他一通。多么粗鲁无礼的主人啊!

即便是那些赞誉他父亲辩才盖世的人,也会不忘指出他演讲的错误。他的朋友、伟大的布鲁图斯就曾评价西塞罗的演讲"断断续续,缺乏连贯"。与他年代差不多的一位演说家也指出,他过于注重句子的节奏,结尾总是喜欢用长句式,还频繁使用"好像是"这种词眼。我更喜欢节奏稍快、长短交替、抑扬顿挫的句子。他偶尔也会重新组织语言,让篇章更为简洁,但这种情况非常少见。我脑海中一直萦绕着这段文字:"我宁愿在衰老的躯壳中短暂停留,也不愿未老先衰(引自西塞罗)。"

历史学家的作品最合我心意,语言生动活泼、平实易懂。一般我想要了解的人,在历史书中的形象总比别处更活泼、更饱满。历史书能刻画出人物的丰富性以及性格与思想的真实性,由浅入深剖析性格形成的各种因素,记录其一生遇到的重重挑战和复杂多变的内心活动。传记学者最深得我心。他们注重研究事件的原因多过探究事件的发展,探究主观而非客观因素。这便解释了为何普鲁塔克在各个方面都是我最喜欢的作家。很遗憾,世上没有十几个第欧根尼·拉尔修,或者说,他这类人的影响力还不够大。我对贤哲的生活和命运的好奇,不亚于对他们的各色主张和思想的好奇。

研究一段历史,一定要翻遍古今名家之作,无论好坏，无论是法语还是外语，以便了解各位作家从不同角度对某段历史的解读。我认为，恺撒尤其值得研究，不仅要研究他所处的历史，更要研究他这个人。他在各个方面都具有超乎他人的卓越和完美，尽管，撒路斯提乌斯也在此列。老实说，我会怀着比通常给予人类作品更多的敬意和尊重来阅读恺撒的著作。一方面，我通过他的行动和他非凡的伟大事迹来观察他的个人形象；另一方面，我欣赏他语言的纯粹和无与伦比的优雅，这不仅让他超越了所有其他历史学家，正如西塞罗所承认的，甚至可能超越了西塞罗本人。恺撒对政敌的评价也十分中肯，这也很令我敬佩。若有什么一定要指摘的，便是他在书中对自己的罪恶事业和膨胀野心涂脂抹粉。除此以外，他对自己的事还讳莫如深、语焉不详。书中提到的仅仅是冰山一角，他私下肯定做了更多，不然不可能取得那么多举世成就。

我所欣赏的历史学家，要么朴实无华，要么出类拔萃。朴实的历史学家不会将个人看法掺杂进历史,他们把能想到的都囊括其中,不加筛选,忠实地记录,让我们对真相进行洞察,做出全面的判断。傅华萨[1]就是这样一位诚恳的历史学家。他以坦率直白的方式完成了自己的工作,甚至在犯错时也毫不羞愧地承认并在被指出的地方修正错误。他记录了当时的各种传闻和不同的说法,这些构成了历史的原材料,任何人都可以根据自己的理解从中获益。出类拔萃的历史学家则有能力根据自己的判断,选择最值得记录的内容,能从不同的故事版本中筛选出更可信的那一个,能根据君主的身份和性格来推断哪个更恰当,并为他们安排符合当时情境的言辞。至于那些介于两者之间的历史学家(占大多数)则把一切都搞砸了。他们把自己咀嚼过的东西喂给我们,并且建立一套自己的评价标准,并根据自己的喜好去扭曲对历史的叙述。一旦他们的判断偏向一方,就

---

[1] 中世纪晚期法国著名的编年史家和诗人,以其史诗般的历史著作《编年史》而闻名。这部作品详细记录了 14 世纪欧洲,特别是英法百年战争期间的政治、军事和社会历史。

不可避免地会使叙述也随之倾斜。他们试图挑选出值得了解的事情，却往往隐瞒了一些言辞或私下的行为，而这些行为本可能会更好地启发我们；他们将自己不理解的事情视为不可置信而忽略掉，把自己无法用拉丁语和法语表述的内容也一并省略。他们可以铜唇铁舌、尽显文采、妄下论断，但至少得为我们留下些未经粉饰的内容，让后人做出自己的判断。换言之，历史学家应该保留原汁原味、真实完整的历史。

几个世纪以来，编写历史的多是些舞文弄墨的平庸之辈，好像就是为了让我们跟他们学习文法！平庸之辈的做法其来有自。他们受雇编写历史，也只能努力耍耍嘴皮子，丝毫不在乎语言表达之外的事情。他们信手拈来华丽辞藻，巧妙组织行文，把道听途说之事编进了历史。

好的史书往往是由那些总揽全局、指点江山，或者至少有类似经历的人书写的，而且作者几乎都是希腊人和罗马人。因为他们身份显赫、博学多才，由多人描写同一件事，即便有失实之处，也不会酿成大错，除非事件本身就疑点重重。若是让医生描写行军打仗，让书生揣测帝王权谋，我们又能学到什么呢？罗马人在编写历史时一丝不苟的态度，通过下面的例子可见一斑。阿西尼乌斯·波利奥发现恺撒自传中有部分史料失实，这些错误或许是因为恺撒不会对整支部队事事躬亲，所以不得不依赖那些向他报告情况的人，而相互传送的报告可能也未经过充分验证。从中可以看出：探究复杂的真相需要谨慎，即使是指挥战斗的人，也未必能完全掌握战局全貌，而士兵们也并不能准确地描述所发生的事实，除非万事都像要经过司法调查那样，核查细节，充分对比证人证词来反复验证得出真相。说实话，即便是我们，也并非对自己身上的所有细节都了如指掌。关于这一点，博丹[1]说得很透彻，与我不谋而合。

　　我记性不好，不止一次拿起一本以前读过好几遍，还做了笔记的旧书，总觉得还没翻过。为了弥补

---

[1] 法国文艺复兴时期著名的法学家、政治哲学家和经济学家，以其关于主权理论的开创性研究和对历史方法的探讨而闻名。

健忘的老毛病，我最近恢复了在书后（那些我打算只读一遍的书）做注的习惯。我会在结尾处写上个人评价，标好读毕的日期，并记下值得注意的印象和看法。我愿在此转述其中一些。

下面是我大约在十年前圭恰迪尼[1]的书中留下的一段笔记（无论读哪种语言的书，我总是用法语做笔记）：

他是兢兢业业的历史学家。在我看来，相较于其他同行，他更清楚当代历史的真相。因为在多数情况下，他都亲身参与了历史，并在当时身居要职。没有任何迹象表明他会受个人好恶和虚荣心的影响去篡改历史。他对大人物的评价，尤其是那些提拔任用自己的人，也都很可信，比如教皇克雷芒七世。他自认为最擅长借题发挥、高谈阔论，虽有些不错的文章，但过分沉迷于此；他不想遗漏任何内容，而那些

---

[1] 意大利文艺复兴时期的历史学家和政治家。

内容又是如此丰富、广阔、无边无际，这使得他的文字变得冗长，就像老学究在掉书袋。我从字里行间注意到，他从不把笔下人物的内心和行动与美德、宗教、良知相联系，仿佛世上不存在这些东西。无论他们表面上多么英勇，在他看来，背后的动机都是邪恶与自私自利。匪夷所思的是，在他讨论的无数事件中，竟没有哪次的动机是出于正义。人人道德沦丧，心狠手辣，这种世相恐怕是天方夜谭。这叫我不得不怀疑他自身的品质，怀疑他是否以小人之心度君子之腹。

在菲利普·德·康明[1]的书里，我留下了这段话：

他的语言清新柔美、自然朴实、平铺直叙，真挚热诚清晰可见。他对自己不狂妄，对别人不嫉妒。他的评论和规劝饱含热情，不造作，没有华丽的辞藻堆

---

1 法国文艺复兴时期著名的政治家、外交家和历史学家。

砌，行文权威严肃。这说明作者是一位出身高贵，参与过重大事务的人。

在杜·贝莱两兄弟共同撰写的《回忆录》中，我写道：

阅读由亲历过历史的人撰写的历史书，十分愉快。但毋庸置疑，这两位贵族兄弟缺乏古人笔下流露出的自由与坦诚，比如儒安维尔[1]（圣路易的侍从）、艾因哈德[2]（查理曼大帝的枢密大臣），还有近代的菲利普·德·康明。真可惜，这部作品不仅没能做到这点，反而更像一篇关于弗朗索瓦一世反对查理五世的辩护词。我并不认为他们在重大的历史事件上

---

1 法国中世纪著名的历史学家、传记作家和贵族，因撰写《圣路易传》而闻名于世。
2 中世纪欧洲著名的历史学家、学者和政治家，查理曼大帝的亲密顾问和传记作者。他以撰写《查理曼传》而闻名，这部作品是关于查理曼大帝生平的最重要史料之一，也是中世纪传记文学的经典之作。

做了改动,但他们确实常扭曲对事件的评价,并且忽略了他们主人生平中那些敏感内容。譬如,他们明明熟知德·蒙莫朗西和德·比隆失宠的前因后果,在书中却只字不提;书中甚至找不到大名鼎鼎的埃唐普夫人。历史学家有权掩盖一些历史秘事,但悄然删除尽人皆知、产生了重大影响的事件,这种纰漏决不能容忍。总之,若想透彻了解弗朗索瓦一世及其统治时期的大事,不妨听我一言,去其他书里找找。这本书对我们唯一的好处,便是从独特的角度叙述贵族们亲历的战争和他们的英勇事迹,亲王们的秘密活动和私下言论,还有领主签署的条约和主持的谈判。书中有许多段落值得一读,语言也算清新脱俗。